O DIA ESCURO

O dia escuro

Contos inquietantes de autoras brasileiras

Organização
Fabiane Secches
Socorro Acioli

Companhia Das Letras

Grafia atualizada segundo o Acordo Ortográfico da Língua Portuguesa de 1990, que entrou em vigor no Brasil em 2009.

Capa
Luciana Facchini

Imagem de capa
Elisa Carareto

Preparação
Márcia Copola

Revisão
Huendel Viana
Aminah Haman

Os personagens e as situações desta obra são reais apenas no universo da ficção; não se referem a pessoas e fatos concretos, e não emitem opinião sobre eles.

Dados Internacionais de Catalogação na Publicação (CIP)
(Câmara Brasileira do Livro, SP, Brasil)

O dia escuro : Contos inquietantes de autoras brasileiras / organização Fabiane Secches, Socorro Acioli. — 1ª ed. — São Paulo : Companhia das Letras, 2024.

Várias autoras.
ISBN 978-85-359-3885-2

1. Contos brasileiros – Coletâneas 2. Mulheres na literatura I. Secches, Fabiane. II. Acioli, Socorro.

24-209888 CDD-B869.308

Índice para catálogo sistemático:
1. Contos : Antologia : Literatura brasileira B869.308

Aline Graziele Benitez – Bibliotecária – CRB-1/3129

EDITORA SCHWARCZ S.A.
Rua Bandeira Paulista, 702, cj. 32
04532-002 — São Paulo — SP
Telefone: (11) 3707-3500
www.companhiadasletras.com.br
www.blogdacompanhia.com.br
facebook.com/companhiadasletras
instagram.com/companhiadasletras
x.com/cialetras

Sumário

Apresentação

FABIANE SECCHES

Luz e sombra

Na minha infância, tive um amigo imaginário. Encantada pela luz das pequenas coisas, também me pegava flertando com o que estava à sombra. Foi assim que Frankenstein se instalou embaixo da minha cama, no quarto que dividia com minha irmã. Durante o dia, o mundo de cima era habitado por bonecas e pelúcias alegres, mas, antes de dormir, eu olhava para o escuro e o sentia ali, respirando. Ele também estava atrás do boxe do chuveiro, quando o vapor da água me impedia de enxergar mais que um palmo de distância. Onde quer que os olhos não alcançassem, ele estava lá.

Com o tempo, fui me acostumando com sua presença e decidi puxar conversa. Pouco a pouco, Frankenstein foi se tornando meu confidente. Assim, o medo esmoreceu e ficou a ternura por sua figura monstruosa, solitária, incompreendida. Anos mais tarde, eu o reencontraria em filmes, livros e textos, e o tomaria como tema de um trabalho de psicanálise. Não poderia supor, quando nos conhecemos, que Frankenstein havia sido criado por uma mulher. Que foi Mary Shelley quem primeiro o imaginou, no início do século XIX.

Quando Socorro Acioli me convidou para dividir com ela a organização deste livro, essas cenas saltaram da memória. Também me lembrei das noites em claro depois de ouvir histórias aterrorizantes, com o estômago embrulhado. Do fascínio que esses relatos exerciam sobre mim. Bem antes de ser apresentada aos conceitos de inconsciente, de pulsão de morte e do *Das Unheimliche* — "o infamiliar", de Sigmund Freud, ou, na minha tradução favorita, "o inquietante" —, eu já os sentia no corpo. Como é que uma menina que gostava tanto de plantas, de animais, de inventar mundos bonitos e solares, ao mesmo tempo não resistia a histórias assustadoras, repletas de crimes, cemitérios e fantasmas? Pois cresci habitada por esses dois mundos e continuo entranhada neles.

A partir do conto "O dedo", de Lygia Fagundes Telles, autora de uma obra vasta que escreveu muitos textos inquietantes, convidamos um grupo de escritoras brasileiras para compartilhar conosco histórias de medo, angústia, repulsa ou assombro. Histórias que circundam algo de indizível. Não restringimos o escopo a contos sobrenaturais, nem a nenhum preceito de gênero — quer seja o gênero social, quer seja o gênero literário. Pensamos nesta coletânea como um experimento. O resultado é algumas vezes instigante e divertido, outras vezes perturbador. Uma poética do estranhamento.

Como organizadoras, a pergunta que nos mobilizou foi: o que as mulheres contemporâneas pensam quando pensam em terror? Convite feito e textos entregues, tivemos que nos abrir para fazer leituras desconcertantes que chegaram como resposta.

Os contos aqui reunidos são bem diferentes entre si, cada um alcançando sua própria dimensão estética, psíquica, política. O que há em comum entre todos é a certeza que fica depois da leitura: precisamos tanto de luz porque também somos feitas de sombras.

Essas escritoras deram materialidade ao centro mais escuro não apenas das noites, mas até mesmo dos dias. Daí o título da coletânea, inspirado pelo conto de Natércia Pontes: uma boa imagem para representar a atmosfera que nos aguarda nas páginas a seguir. O conforto possível é de que, ao menos neste livro, tudo está no campo da ficção. Se bem que, quando se trata de palavras, com elas construímos mundos. Então vá em frente por sua conta e risco.

O dedo
LYGIA FAGUNDES TELLES

Achei um dedo na praia. Eu ia andando em plena manhã de sol por uma praia meio selvagem quando de repente, entre as coisas que o mar atirou na areia — conchas, gravetos, carcaças de peixes, pedras —, vislumbrei algo diferente. Tive que recorrer aos óculos: o que seria aquilo? Só depois de aparecer o anel é que identifiquei meu achado, o dedo trazia um anel. Faltava a última falange.

Não gosto nada de contar esse episódio assim com essa frieza, como se ao invés de um dedo eu tivesse encontrado um dedal. Sou do signo de Áries e os de Áries são apaixonados, veementes, Achei um dedo, um dedo! devia estar proclamando na maior excitação. Mas hoje minha face lúcida acordou antes da outra e está me vigiando com seu olho gelado. "Vamos", diz ela, "nada de convulsões, sei que você é da família dos possessos mas não escreva como uma possessa, fale em voz baixa, calmamente."

"Calmamente?! Mas foi um dedo que achei!", respondo e minha vigilante arqueia as sobrancelhas sutis: "E daí? Nunca viu um dedo?". Tenho ganas de esmurrá-la: Já vi *mas não nessas circunstâncias*.

O poeta dizia que era trezentos, trezentos e não sei quantos. Eu sou apenas duas: a verdadeira e a outra, tão calculista que às vezes me aborreço até a náusea. Me deixa em paz! peço e ela se põe a uma certa distância, me observando e sorrindo. Não nasceu comigo mas vai morrer comigo e nem na hora da morte permitirá que me descabele aos urros, Não quero morrer, não quero! Até nessa hora ela vai me olhar de maxilares apertados e olho inimigo no auge da inimizade: "Você vai morrer sim senhora e sem fazer papel miserável, está ouvindo?". Lanço mão do meu último argumento, tenho ainda que escrever um livro tão maravilhoso... E as pessoas que me amam vão sofrer tanto! E ela, implacável: "Ora, querida, as pessoas estão se lixando. E o livro não ia ser tão maravilhoso assim".

É bem capaz de exigir que eu morra como as santas. Recorro às minhas reservas florestais e pergunto-lhe se posso ao menos devanear um pouco em torno do meu achado, não é *todos* os dias que se acha um dedo. Ela me analisa com seu olho lógico: "Mas não exagere".

Fecho a porta. Mas então eu ia dizendo que passeava por uma praia solitária, nem biquínis, crianças ou barracas. Praia áspera e bela, quase intacta: três pescadores puxando a rede lá longe. Um cachorro vadio rosnando para dois urubus pousados nos detritos e o sol batendo em cheio na areia brilhante, cheia de coisas do mar de mistura com coisas da terra trabalhadas pelo mar. Guardei na sacola uma pedra cinzenta, tão polida que parecia revestida de cetim. Guardei um grosso pedaço de cipó, silhueta de serpente se endireitando para o bote. Guardei um punhado de estrelas-do-mar. Guardei um caramujo amarelo, o interior se apertando em espiral até a raiz inatingível, mas o dedo não guardei não.

Não senti asco quando descobri o dedo meio enterrado na areia, uns restos de ligamentos flutuando na espuma das pequeninas ondas. Lavado, o dedo parecia ser da mesma matéria branca dos peixes não fosse a presença do anel, o toque sinistro numa praia onde a morte era natural. Limpa.

Inclinara-me para ver melhor o estranho objeto quando notei o pequeno feixe de fibras emergindo na areia banhada pela espuma. Quando recorri aos óculos é que vi: não era algodão mas uma vértebra meio descarnada — a coluna vertebral de um grande peixe? Fiquei olhando. Espera, mas o que seria aquilo? Um aro de ouro? Agora que a água se retraíra eu podia ver um aro de ouro brilhando em torno da vértebra, enfeixando as fibras que tentavam se libertar, dissolutas. Com a ponta do cipó, revolvi a areia. Era um dedo anular com um anel de pedra verde preso ainda à raiz intumescida. Como lhe faltasse a última falange, faltava o que poderia me fazer recuar; a unha. Unha pintada de vermelho, o esmalte descascando, acessório fiel ao principal até no processo da desintegração. Unha de mulher burguesa, à altura do anel do joalheiro que se esmerou na cravação da esmeralda. Penso que se restasse a unha certamente eu teria fugido, mas naquele estado de despelamento o fragmento do dedo trabalhado pela água acabara por adquirir a feição de um simples fruto do mar. Mas havia o anel.

A dona do dedo? Mulher rica e de meia-idade que as jovens não usam joias, só as outras. Afogada no mar? A onda, começou inocente lá longe e foi se cavando cada vez mais alta, mais alta, Deus meu! A fuga na água e a praia tão longe, ah! mas o que é isso?... Explosão de espuma e sal. Sal.

Respirei. Mas que mulher vai de anel de esmeralda para o mar? A passageira de um transatlântico de luxo que afundou na tempestade? Mas fazia tempo que nenhum transatlântico naufragava, ocorreu-me o *Titanic*, mas isso tinha sido em 1912.

A descrição da tragédia falava em mulheres fabulosas, afundando ainda enlaçadas em homens na apoteose do baile com as luzes acesas iluminando a superfície do mar onde logo começaram a boiar diademas, plumas... Houve também o *Princesa Mafalda*, que submergiu perto dos tubarões da Bahia (quando foi isso?). Os espíritos atônitos baixando nos terreiros, e a mãe de santo com seu turbante de rainha abrindo os braços, "Saravá, meu pai! Saravá!".

Podia ser ainda uma suicida, dessas que entram de roupa pelo mar adentro, o desespero é impaciente, ela mal teve tempo de encher os bolsos com pedras. A pedra verde no dedo. E se fosse a personagem de um crime passional, enfraquecida a hipótese de latrocínio pela presença do anel. Crime misterioso: mulher bonita, marido rejeitado e minhocando, roque-roque... A premeditação no escuro, tão profundo o silêncio no quarto que podia se ouvir até o murmurejar do pensamento, roque-roque... Ela acorda em pânico no meio da noite, "Mas que barulho é esse? Um camundongo?". Ele se aproxima sem poeira e sem emoção. No banheiro cintilante a proximidade da água facilita demais, os crimes deviam ser cometidos perto de cascatas. Ausência da cozinheira em licença remunerada para ir visitar a mãe. A casa na praia deserta foi uma solução, o homem feliz não tinha camisa, só maiô. O homem de maiô todos os dias vai à praia levando uma caixinha, Que será que ele leva naquela caixinha? Um detalhista: ideias miúdas, objetos miúdos. Na cabeça, um pequeno boné se tem sol. Era ele que andava com uma mulher grande, bonita? Era. E a mulher? Lá sei, deve ter viajado, ele ficou só. Parece que adora o mar, faça sol ou não, vai dar o seu passeio com seu sorriso e levando uma caixinha.

Por que será que cabeça de assassinado fica do tamanho do mundo? Um porta-chapéus seria a solução mas se ninguém mais usa chapéu?... Enfim, se sobrou a cabeça não sobrou o dedo que na manhã de garoa ele deixou no mar. O anel foi junto, era um anel tão afeiçoado à carne que se recusou a sair. Ele não insistiu, pois ficasse o dedo com seu anel, que sumam os dois! Nem os urubus saíram de casa nessa manhã. Ele saiu.

A pedra brilhava num tom mais escuro do que a água. Lembrei-me de um quadro: uma praia comprida e lisa, com flores brotando na areia, flores-dedos e dedos-flores. No quadro o insólito era representado por uma gota de sangue pingando nítida da ponta de um dedo. No meu achado, o insólito era a ausência do sangue. E o anel. A primeira pessoa que passar por aqui vai levar esse anel, pensei. Eu mesma — ou melhor, a outra, com falsa inocência não chegou a insinuar que eu devia guardar o anel na sacola? "Mais um objeto para a sua coleção, não é uma linda pedra?" Expulsei essa outra, repugnada. A morta de Itabira reclamava a flor que o distraído visitante do cemitério colhera na sua sepultura, "Eu quero a flor que você tirou, quero de volta a minha florzinha!". A dama do mar faria uma exigência mais terrível com sua voz de sal: "Eu quero o anel que você roubou do meu dedo, quero o meu anelzinho!". Como reencontrar naqueles quilômetros de praia os restos do dedo para lhe devolver a esmeralda?

Com a ponta do cipó cavei rapidamente um fundo buraco na areia e nele fiz rolar o dedo. Cobri-o com o tacão do sapato e na areia tracei uma cruz, imaginei que se tratava de um dedo cristão. Então veio uma onda que esperou o fim da minha operação para inundar o montículo. Dei alguns passos. Quando me voltei pela última vez a água já tinha apagado tudo.

O reino lá de fora

MICHELINY VERUNSCHK

No ano em que minha irmã morreu, alguns meses depois, mudamos de casa. Minha mãe e meu pai estavam arrasados e eu imagino que eu estivesse muito triste também, embora fosse muito pequena e não tenha muita certeza dos meus sentimentos àquela altura e mesmo as lembranças que tenho dela, da minha irmã, não sei se são coisas que vivemos juntas, em tão pouco tempo de convivência, ou se são falsas memórias. Por exemplo, lembro de Karen sorrir para mim, de dentro do caixão, de olhos fechados mesmo, como numa brincadeira que só nós duas sabíamos, coisa que minha mãe desmentiu com alguma raiva quando tive coragem de perguntar muitos anos depois. Karen não estava sorrindo. Além do mais, você não foi ao velório. Lembro também de Karen correr para me avisar do atropelamento a alguns metros de casa, corre, Alice, avisa a mamãe, eu me machuquei muito. Coisa que, logo eu soube, seria absolutamente impossível porque minha irmã morreu na hora.

No entanto, lembro claramente de coisas que se passaram naquele ano tão difícil. Lembro da mudança em dia de chuva, lembro do acidente que papai sofreu na garagem naquela mesma noite e de mamãe dirigindo na neblina cerrada para levá-lo ao pronto-socorro. Na época, eles acharam que seria bom para todos nós nos mudarmos para uma casa fora da cidade, uma pequena chácara na encosta da serra, onde talvez a natureza nos restituísse alguma saúde ou consolo. No dia em que me levaram para conhecer a casa, mamãe repetiu por várias vezes, não parece uma casa de conto de fadas, filha?, e de fato, folheando depois um desses volumes com várias narrativas conhecidas, um livro de capa dura e vermelha, com ilustrações vistosas, eu achei que a nova casa parecia mesmo uma daquelas cabanas no meio da floresta. Pequena, branca, de beirais azuis, quase escondida entre árvores e outras plantas, que avançavam desordenadamente em todas as direções. Bem poderia ser a casa feita de doces de uma daquelas histórias, uma surpresa entre as sombras.

Por longos meses, a casa pareceu um barco à deriva e minha mãe se perdia na organização de caixas intermináveis, pilhas de livros, objetos variados, numa arrumação que parecia não acabar nunca, enquanto meu pai mergulhava no próprio trabalho, no escritório que ele organizou como um mundo à parte, num dos quartos. Entre meu pai e minha mãe um grande silêncio e eu. No começo, eles ainda se revezavam nas atenções que eu exigia, brincavam um tanto, cantavam comigo e me levavam, nos fins de semana, para ver os primos, na cidade, para estar com gente da minha idade, diziam. Mas era tudo visivelmente muito custoso. Não tinham energia para o que eu precisava e tampouco eram como os jovens pais de hoje, que têm um ímpeto quase infantil de participar da vida dos filhos em todos os aspectos. Com o tempo fui ficando silenciosa e sozinha, como eles. Mas não foi ruim, ganhei os limites da chácara e depois avancei para o mundo fora deles.

Uma manhã, já fazia quase dois anos da morte de Karen, um

pôster com uma grande fotografia de minha irmã foi colocado numa das paredes da sala. Ela estava sorridente e seus olhos pareciam mirar o futuro. A blusa de mangas bufantes, fechada por botões até a gola, e o cabelo curto, encaracolado em cachos bem definidos, lhe davam um ar bem-comportado. De fato, Karen parecia uma pequena rainha e aquela fotografia resplandecendo solitária na alvura da parede fazia com que sua majestade iluminasse a casinha de conto de fadas. Como um milagre, os dias pareceram mais felizes a partir daquele fato e lembro que foi naquela tarde que conheci Ana Maria. Hoje em dia minha mãe nega que houvesse alguma fotografia de minha irmã pendurada na parede e está convencida de que havia um retrato meu que papai mandara emoldurar mas que não ficava na sala, mas num móvel do corredor que dava acesso aos quartos, e no qual havia alguns bibelôs dos quais ela diz que gostava muito, um menino jornaleiro cor de bronze e uma bailarina de pele muito branca, ambos de cerâmica. Confesso que não lembro disso, mas não discuto com mamãe esses detalhes e penso que talvez tanto ela como meu pai estivessem muito perturbados naquela época para se dar conta das coisas que aconteciam à sua volta.

Foi assim com Ana Maria. Nos encontramos pela primeira vez nas margens do ribeirão, ela era mais ou menos do meu tamanho, e, de um modo geral, bem parecida comigo. Nos tornamos melhores amigas ali mesmo, enquanto nossos pés batiam nas águas geladas. Corremos, saltamos, gritamos, juntamos pedrinhas e quando já havia mais sombra do que sol, ela disse que ia embora e que eu deveria voltar para casa. Quando eu já estava longe, ela gritou bem alto, ei, eu conheci a sua irmã! Obviamente eu achei que ela estivesse me confundindo com alguma outra menina das redondezas, embora não houvesse outras meninas por lá, e quando nos encontramos novamente, dessa vez perto de uma porteira velha que não dava para lugar nenhum, tratei de desfazer o engano. Naquele dia você disse que conheceu minha irmã. Eu não tenho irmã. Tem, sim. Eu conheci. Não conheceu, não. Ficamos naquele embate por algum tempo e eu fiquei com vergonha de dizer que a minha irmã havia morrido, mas nada fazia a menina mudar de ideia e ela começava a ficar zangada. Quando ela perguntou se eu morava na casinha branca de beirais azuis e eu confirmei, ela se deu por vitoriosa. Viu só? Foi a sua irmã mesmo que eu conheci. Então eu resolvi que não iria mais discutir, porque ela poderia ficar zangada e eu sem amiga, de modo que apenas assenti e não tocamos mais no assunto por um longo tempo. Estávamos, as duas, prestes a completar sete anos e logo eu iria começar a estudar. Me animava a ideia de que pudéssemos ir para a mesma escola, coisa que Ana Maria garantia que não iria acontecer.

Eu não tinha mais vontade de visitar os primos na cidade, eles eram um pouco mais velhos que eu e certamente prefeririam brincar com Karen. De todo modo, eu tinha ótima companhia para as aventuras e sair da chácara para a cidade se tornava cada vez mais difícil para todos nós. Ora faltava energia e papai não tinha disposição de desmontar os mecanismos do portão elétrico para que saíssemos, ora alguma das chaves desaparecia, a chave da casa, a chave do carro, que num momento poderiam estar sobre a cômoda e no outro não estavam mais, reaparecendo depois num lugar totalmente inusitado. Ora mamãe não conseguia achar os documentos e era sabido que ela não saía sem os documentos nunca. Quem sabe o que pode nos acontecer, estando fora? Demora muito a gente se acostumar num novo lugar, se acostumar com o movimento das coisas, com os armários, as gavetas, a disposição dos objetos, papai falava às vezes, como que desculpando mamãe pela bagunça que se cristalizara desde a mudança.

De fato, foi um período em que ambos estiveram bastante

distraídos e não pareciam se importar de que eu passasse boa parte do dia fora, com uma menina que eles nem sequer se esforçavam para convidar a tomar um lanche em nossa casa, embora ocasionalmente eu insistisse nisso. Tampouco os incomodava que às vezes eu voltasse enlameada das incursões ou com os cabelos emaranhados de folhas e garranchos, as unhas pretas de terra. Mamãe nega veementemente que em algum momento tenha se descuidado de minha higiene naqueles anos, e me olha magoada caso eu insista no tema, mas eu lembro muito bem de que certa vez tirei uma crosta de sujeira compacta de uma dobra da orelha. Veja, mamãe, quase um tijolinho! De todo modo, aquilo não me abalava, e se Karen reinava em suspensão, seu brilho se espalhando pelos vãos e frestas da casa, era meu o reino lá de fora. Meu e de Ana Maria. Mas se cada vez mais eu parecia com uma das crianças perdidas da Terra do Nunca, um bichinho, um ser da natureza, minha amiga estava sempre impecável, as tranças simetricamente tricotadas, a roupa limpa, embora nunca a tenha visto usando sapatos ou sandálias.

As coisas, no entanto, se tornaram difíceis quando um dia, sem mais nem menos, Ana Maria voltou a insistir que conhecia a minha irmã. Vi sua irmã hoje. Não viu. Eu não tenho irmã. Tem sim, eu sei. Ela quer brincar com a gente. Não quer. Você está mentindo, Ana Maria. Eu não minto. Sua irmã quer que você devolva a boneca dela. Sua irmã me chamou para brincar. Ela é mais legal que você. É mentira, não tenho nenhuma irmã. A cada dia, a menina dizia alguma coisa diferente, que me irritava e me perturbava. À noite passei a sonhar que Karen aparecia grudada ao teto, os olhos luminosos clareando o meu quarto, e embora eu não me assustasse com a aparição, tinha a incômoda certeza de que estava perdendo a amizade de Ana Maria. Foi quando decidi dar um basta naquela brincadeira sem graça e confrontei a menina com a única verdade possível. Minha irmã morreu faz muito tempo, tá? Você não pode falar com ela. Outra coisa, você não é amiga dela. Você é minha amiga! Ana Maria saiu correndo e várias semanas se passaram sem que ela aparecesse para brincar.

Foram semanas chuvosas e lembro de ter me sentido doente, a pele pegajosa, uma dor de cabeça que não passava, coisa que eu atribuía à falta de minha amiga e de nossas brincadeiras e aventuras. Mamãe, me vendo prostrada, voltou a cuidar de mim com desvelo. Me consolei nos seus cuidados e na esperança de em breve começar o ano escolar. Mamãe diz que eu nunca tive nenhum problema de saúde naquelas semanas, mas que fazendo um tempo terrível, de muitas chuvas e ventos, acabou encontrando um estojo de lápis de cor em alguma caixa e passamos dias e dias colorindo desenhos, sentadas no chão, eu e ela. Papai passava por nós sem dizer nada, os papéis coloridos se movimentando à sua passagem.

Quando o sol finalmente voltou, corri para tentar encontrar Ana Maria. Não a encontrei à beira do ribeirão, tampouco sentada sobre a velha porteira e nem encarapitada no alto da pedra do sono, os lugares onde sempre marcávamos de nos ver. Fui encontrá-la na soleira da minha casa. Estava muito séria, levantou e me pegou pela mão. Vamos, ela disse. E eu fui. Demos a volta na casa e pude ver mamãe morta no meio da sala, vários furos vertendo sangue do seu peito. E pude ver que eu mesma estava deitada na minha caminha, parecia dormir, mas as marcas dos dedos de papai ainda estavam roxas em meu pescoço e depois vi papai pendurado, enforcado na garagem. Tudo aconteceu há muitos anos, Alice. Depois ela me levou para a beira do rio, onde pude ver ela mesma de bruços, seu corpo afogado vagando pelas águas, enquanto na outra margem Karen acenava para nós duas. Fiquei muitos dias sem ver a sua irmã, ela falou, como se isso fosse uma prova de amizade. Deixei cair duas lágrimas dos olhos e saí correndo. Nunca mais a vi. Mamãe diz que não lembra de nenhuma amiga minha que se chamasse Ana Maria, mas eu lembro, lembro perfeitamente. Mamãe também insiste que eu ainda tenho seis anos, quando é fato que já estou muito velha. O que esqueci de verdade foi do dia em que mudamos da casa branca de beirais azuis, a casinha de conto de fadas. Isso não consigo me lembrar.

Melhor nada saber
MARIA VALÉRIA REZENDE

Maria Flor, ou Nossa Flor, como dizem os pais, olha-se rapidamente no espelho, só para conferir se os cabelos louros não estão arrepiados demais. Maquiagem não precisa, é o que dizem todos e ela acredita: é mais cômodo e barato. De fato, tem pestanas naturais maiores do que qualquer kit postiço, a pele aveludada como se coberta de pó de arroz finíssimo e os lábios quase vermelhos, sempre corado o rosto perfeitamente simétrico, não tem cravos nem espinhas. Só de ver-se todos os dias no espelho, não se sente especial, parece-lhe tão banal o rosto que vê, perfeitamente desenhado e impessoal, sem nenhuma falha graciosa ou marcante, embora todos insistam em dizê-la "Linda, maravilhosa!", o que a ela não interessa nem um pouco. Parece-lhe sempre que estão a falar de outra pessoa.

Longe do espelho, Maria Flor nunca consegue se lembrar do próprio rosto e crê que ninguém mais o faz quando está ausente. Ela mesma, porém, sim, pode ver com a imaginação, com os olhos de dentro, os rostos de quase todos os colegas da escola ou daqueles rapazes que gosta tanto de contemplar na praia, especialmente o de Roberto.

Vira-se para sair do quarto e, não sabe por quê, assalta-a novamente aquele sentimento inquietante, apavorante mesmo, que há tempos não lhe vinha. Alguém, alguma coisa a ameaça! Quem, o quê? Rodopia sobre os calcanhares, à procura de algum vulto, algum perigo palpável, e nada vê, nem sequer uma barata. Não é a primeira vez que lhe acontece, mas há meses que estava em paz. Por que sente isso agora? Não há de ser pelo fato de que ficará sozinha em casa por uma semana, enquanto os pais vão ao tal Congresso de Biotecnologia em Lisboa.

Mesmo quando os pais estão em casa é como se não estivessem, trancados em suas bibliotecas, tomando as refeições nos horários em que ela está na escola ou no cursinho, só se ocupam mais demoradamente dela um dia por semana, quando a examinam e lhe aplicam as tais injeções de suplementos especiais para que se desenvolva com perfeição. Passa dias quase sem vê-los, já que eles se deslocam e se fecham praticamente o tempo todo em seus laboratórios especiais e reservadíssimos, naquele alto, junto à universidade. Lá ela só se lembra de ter ido uma vez, ainda criança, para ser submetida a um longo e minucioso exame do qual só guarda uma vaga ideia. Além do mais, uma semana não é nada e eles não se demoram, não perderão, sem uma razão muito forte, sequer um dia de sua vida neste lugar que escolheram como perfeito para seus experimentos, no meio do oceano Atlântico, "onde o sol nasce primeiro", com um clima consistentemente moderado e estável, onde os efeitos da mudança climática ainda não chegaram e talvez nunca cheguem.

Mas Flor sente, sim, agora persistente, aquela espécie de... seria "angústia" a palavra certa?... talvez não... uma estranheza, perplexidade e... medo. Um medo, pavor, lá no fundo, no escuro, sem causa que se perceba, medo de tudo e de nada, de algo terrível e incompreensível contra o que não se pode prevenir nem defender, que às vezes a atravessa e a persegue há tanto tempo, trazendo à tona as mesmas e insistentes perguntas.

A garota pisca várias vezes os olhos de um azul tão intenso que já lhe perguntaram se usa lentes de contato coloridas... faz um gesto com a mão, afastando os pensamentos ameaçadores: tem de fazer tudo com esmero, como sempre, acompanhar os pais ao aeroporto, ouvir seus últimos conselhos e recomendações, sorrir-lhes e acenar amorosamente enquanto eles vão para o portão de embarque, e logo voltar à rotina de estudos para, em poucos meses, passar com folga no exame vestibular para o curso de medicina na universidade federal. Mais tarde, dizem os pais, irá aperfeiçoar-se em países desenvolvidos e laboratórios de altíssima qualidade.

Estudar medicina não é desejo especialmente seu, mas até agora nunca lhe passou pela cabeça a ideia de desobedecer, desagradar aqueles pais que se dedicam inteiramente a ela, e só a ela, como lhe dizem... não, não é uma escolha dela, mas parece um caminho reto e único à sua frente, sem atalho, sem desvio nem parada possível. O interesse pelas artes deve ser esquecido até que uma vida bem estabelecida lhe permita perder tempo com hobbies. Sempre que pensa nisso, no desejo de meter-se pelas artes e produzir "inutensílios", como diz o poeta, é acometida de uma espécie de sentimento de culpa, vergonha, nem sabe bem. É como se tivesse de ser sempre útil, responder aos comandos de alguém que se esconde lá no fundo dela mesma... seus pais? Só pode ser. Genética?

Por enquanto trata-se simplesmente de não decepcionar em nada seus velhos a quem deve tanto. Na idade deles, dizem-lhe, já idosos, não lhes pode negar nada, ela, seu único bem além do trabalho. Mais um pensamento inoportuno a atravessa: queria ter pais comuns, como os dos outros... e irmãos, irmãs, tios e tias, primos...

Está na hora, não podem se atrasar! E se houver algum engarrafamento até o aeroporto? Encarrega-se das maletas dos velhos, ambos já bem além dos sessenta anos, parecendo até mais, com problemas de articulações, coluna vertebral tão curvada! Sua biotecnologia não tem servido muito para eles próprios... Maria Flor acomoda a bagagem, pouca, no carro, ajuda os velhos a entrar e assume o volante.

Não, não houve engarrafamento, chegam cedo ao aeroporto, e os dois viajantes já se encaminham o mais rápido possível ao salão de embarque, como se isso abreviasse o tempo de viagem.

A filha sobe ao segundo andar, vai olhar a pista pelas janelas panorâmicas e esperar até que o avião decole para ter certeza de que partiram e não precisam mais dela. Só então poderá gozar a inédita liberdade de uma semana sem ninguém a vigiá-la. Desta vez eles não contrataram Fräulein Mathilde pra tomar conta dela. Aquela insuportável, saída de algum velho baú! Felizmente desta vez Flor vai ficar sozinha e livre!

Enfim, lá vão eles. A aeronave teve de pousar longe das pontes telescópicas e os passageiros devem caminhar um bocado sob esse sol quente! Os velhos se voltam e acenam, a menina acena de volta. A mulher ao lado pergunta se são seus avós. O ar de dúvida que passa pelos olhos dela diante da resposta de Maria Flor desperta de novo a estranheza no íntimo da garota. Tem razão a mulher: como ela, tão jovem ainda, pode ter pais tão velhos? As inquietações voltam todas, o medo provoca-lhe um tremor insistente, e permanece até que o avião decola e Flor apressa-se em ir buscar o carro, fazer tudo para deixar os sentimentos apavorantes do lado de fora e correr para o apartamento na praia de Manaíra, não querendo perder nenhum minuto de sua nova liberdade.

Maria Flor parte, desfrutando do prazer, há pouco conquistado, de dirigir livremente um carro veloz e confortável. Há apenas dois meses obteve sua carteira de motorista, na semana mesma de seu aniversário de dezessete anos, segundo o que lhe dizem os pais, embora conste que nasceu há pouco mais de dezoito anos na sua certidão de nascimento brasileira, lavrada num cartório de cidadezinha do interior, decerto através de alguma maracutaia, pois datada de apenas dez anos atrás. Tem inúmeras cópias dessa certidão, todas cheias de carimbos de autenticação do mesmo cartório, e nunca foi preciso ir à sua suposta e estranha fonte. A explicação de que sua primeira certidão, alemã, ficou perdida no baú extraviado na viagem bastou-lhe até agora. Nesta daqui consta que nasceu no Brasil, num pequeno município da Paraíba, e não na Alemanha, tendo chegado aqui já às vésperas dos sete anos, como lhe asseguram os pais. "Fica tudo mais fácil pra você se for brasileira..."

Abre a janela do carro para que o vento afaste as ideias incômodas, sempre ali a espreitá-la. Gosta de correr pelas estradas e sente-se tentada a seguir em direção ao sul, Itamaracá, Olinda, Recife... Mas não. Tem de estudar. Melhor voltar direto para casa, diz aquela voz de comando lá no fundo de algum lugar...

Chega ao apartamento de cobertura à beira-mar quando os últimos raios de sol se escondem, dando vez ao fugaz crepúsculo dessas paragens. Luciene deve ter vindo fazer a limpeza esta tarde, mas já se foi.

Flor quer estar tranquila por uns minutos a contemplar da janela os reflexos coloridos das nuvens por sobre o mar. Mas não pode. Assim que chega à janela para o mar, aquela coisa estranha a assalta violentamente e as perguntas a atormentam agora mais do que nunca. Por que não me lembro de nada? Como era a minha vida antes de virmos para o Brasil? Como foi a viagem? Como era eu até os sete anos de idade? Por que não me lembro de nada da minha infância? Nem da viagem? Como era a minha cara de criança? Por que não há fotografias minhas antes dos sete anos? Nem umazinha? Será possível que se perderam todas no tal baú extraviado durante a viagem, junto com minha certidão de nascimento alemã? Não ficou nenhuma com os parentes da Alemanha ou da Suíça? E por que eles nunca se comunicam conosco? Quem sou eu, afinal? Por que não me lembro? Por quê? Por quê? Por quê?

Não pode mais resistir. Hoje vai fazer o que sempre desejou, lá no fundo. Precipita-se para a parte reservada do apartamento, atravessa correndo o quarto de dormir dos pais, chega à estante de livros que se move sobre rodinhas e revela a porta secreta das supostas bibliotecas dos velhos, onde ninguém mais entra e que decerto guarda segredos. Torce com força a maçaneta. Impossível abrir. Trancada. Não hesita mais. Desce correndo até a calçada e apressa-se para a esquerda, precisa chegar antes que Guilherme feche sua barraquinha de chaveiro. Ela tem urgência, não aguentaria esperar mais uma noite nessa agonia! Sim, ele é craque nisso, vai ajudá-la e não contará nada a ninguém. São amigos, quase irmãos, desde a infância, quando Guilherme vinha direto da escola para ajudar o pai na barraquinha. Nele pode confiar. Sorte! Ele ainda está ali. Claro, ele sobe agora com ela e é capaz de abrir a fechadura com todos os segredos, sem deixar marcas de arrombamento. Pronto! Está feito, Guilherme agora tem de ir, "amanhã você me paga". Flor nem responde, o rapaz vai encontrar sozinho o caminho de saída. Flor envereda pelo espaço à sua frente, encontra um interruptor e a luz branca e fria invade tudo, revelando uma longa fileira de arquivos de aço e três ou quatro baús de metal escuro, tudo rigorosamente ordenado.

A noite correu, disparada, não há mais nenhuma luz nas janelas da vizinhança, nenhum ruído vem da cidade lá embaixo.

Agora, ali naquele recinto, tudo está fora do lugar, como se tivesse havido uma explosão: gavetas, pastas, papéis e objetos estranhos espalhados ou amontoados por toda parte em torno de uma figura humana desgrenhada, olhos arregalados, mãos em constante e desordenado movimento. Quanto tempo se passou? Impossível dizer.

É a "hora morta", aquela em que tudo para antes de despertarem os passarinhos... só o vulto, agora fantasmagórico, agita-se, foge dali, corre ofegante escadas abaixo, batendo-se nas paredes, lança-se pela rua escura até as areias da praia e segue pela beira d'água, os pés banhados pelas ondinhas que ali morrem. Aquela que pensava, desejava... sonhava?... ser uma menina como as outras, Maria Flor, agora sabe e não sabe quem é, como se sempre tivesse sabido, ou sempre tivesse duvidado, sempre tivesse tido essa dor funda e absoluta, sempre soubesse tudo e nada sobre si mesma, sempre fosse ela e outra, desconhecida, sem passado, presente nem futuro, só escuridão.

Se alguém insone agora se debruça numa sacada, por certo pensa que vê uma louca bêbada, perdida pela praia depois da farra... só pode ser isso, a figura que avança cambaleando pela areia, arrastando uma saia longa a parecer rasgada, os pés descalços, trôpegos, os braços a rodar como um cata-vento desmantelado sobre a cabeça de cabelos arrepiados.

Maria Flor continua seu caminho desordenado, para lugar nenhum, para longe de si mesma, para longe, quisera, daquilo que é. Vai em frente, parar não pode. Tropeça e cai. Quantas vezes se molha e rola na areia! Mas é impossível aquietar-se. Continua, arrastando o resto das roupas cada vez mais pesadas, empapadas de água e areia. Até há pouco esteve insensível a tudo o que se passa fora dela, absorvida pelo horror lá dentro, mas agora começa a sentir seu corpo, especialmente as costas, que doem, coçam, incomodam cada vez mais. Tenta alcançá-las com as mãos para abrandar a comichão, tem a impressão de que seus dedos tocam em enormes e desconhecidas saliências, com uma textura como de plumas, que parecem continuar a inchar e a se desdobrar. Mete as unhas para arrancá-las, mas logo já não lhe servem as unhas, crescendo agora e encurvando-se como garras, até transformarem-se em longas espirais, incapazes de arrancar coisa alguma, nem as escamas que ela sente romperem-lhe a pele e recobrirem-lhe agora o peito voltado para baixo, mais para baixo, para o chão. Caminha assim, curvada, as mãos já tocando a areia, a custo levanta a cabeça e tenta ver mais longe, mas sua vista é limitada por grandes antenas negras que lhe despontam da testa, frente aos olhos.

Por sobre o mar surge um primeiro e tênue sinal de luz, talvez o dia a liberte desse pesadelo. Sim, não passa de um pesadelo, há de despertar, tenta se convencer. A enorme custo, arrasta-se mais um pouco, já com as garras dianteiras no chão. Entrevê mais adiante alguém que salta da calçada para a areia, algum atleta madrugador a fazer sua corrida matinal. Anima-se e trata de avançar mais um pouco. Quem sabe é o Roberto?, sim, ele a ajudará! Tenta gritar, chamá-lo, pedir socorro, esforça-se, com esperança de ser ouvida, de que a luz se intensifique e ela seja vista.

Inútil. Ninguém a ouve. Não tem mais voz alguma! Só se ouve o marulhar das ondas. Se há alguém bastante perto, cuja atenção seja atraída pelos últimos movimentos dela, apenas pode ver um longo rastro de espuma a sair pelas guelras desse ser tão estranho.

Roma

ANDRÉA DEL FUEGO

Eram gêmeos, Alcides e Alcebíades.

Alcebíades queimava cem, duzentas folhas por dia. Alcides, o irmão, incentivava-o com brochuras compradas em sebo, obtinha livros a preço de hortaliças: bíblias dedilhadas, romances desconhecidos, apostilas de odontologia, gibis sem capa. Alcebíades queimou cadernos escolares, recibos de supermercado e sua certidão de nascimento. Tinha aflição dos papéis, houvesse neles o que fosse.

Apesar de terem compartilhado a mesma placenta, feitos do mesmo bife em que a mãe fincou os caninos, eram independentes na intuição. Se um ateava fogo, outro ia atrás dos inflamáveis. As cinzas de tudo que perdia as cores eram deixadas numa pira e, no fino talco ígneo, os irmãos jogavam moedas como o fariam na Fonte do Desejo.

Filhos de um engenheiro habituado às cerimônias de confraria, os irmãos não se rebelaram contra a paternal autoridade. Todavia, por conta de seus atos medicáveis, nunca foram de fato convocados a oferecer fidelidade ao grão-mestre.

As mulheres passavam ao largo de suas tentativas de aproximação. Teve uma que se casaria com Alcebíades, mas ter a certidão de casamento queimada deu gastura. Num dia qualquer ele botaria fogo nela se usasse um perfume amadeirado.

Após o almoço de domingo, a luz caminhando pela varanda, as cascas açucaradas de laranja sendo postas nas tigelas azuis, Alcides levantava a taça de licor sanguíneo celebrando o Espírito Santo.

Alcides foi o primeiro a se livrar da mãe, o outro ficou lá mais um tanto envolto no cordão umbilical. No batizado se falava da profissão dos meninos, seriam dois desembargadores de alta estima, ilustrariam os jantares da cúpula nacional. Quando crianças, eram rosa como leitões imberbes.

Na adolescência, a feição leitosa deu lugar à gordura, tendo como válvula de escape o couro cabeludo por onde gotejava o óleo das vísceras. Exames laboratoriais nunca revelaram anomalias moleculares, as cadeias impecáveis, assim como as camisas de alfaiataria bem enfileiradas no armário.

Os pais sabiam de uma estranheza ou outra, mas nunca a inteireza dos fatos, os irmãos encontravam espaços secretos para suas manias feito antigo botânico e sua estufa no jardim. Fizeram faculdade, cortejaram moças pacatas, quem os visse, daria sua causa para que advogassem.

Na gravidez, a mãe sonhava com chaminés industriais enquanto os filhos ali dentro uniam dedos num pacto ambicioso. Quando chegassem aos quarenta anos, a escada de madeira seria a contribuição de Alcides, os dois alcançando a última plataforma, de onde Alcebíades jogaria fósforos acesos sobre a poça de comburente. Febris, a escada viraria talco da pira, os gêmeos perderiam solvente, mas não o soluto. Defumariam.

Tudo isso para dizer que os gêmeos puseram fogo na empregada. Não só defumariam como defumaram a Sônia, incineraram a moça. Um convite para trabalhar na chácara da família longe da poluição da cidade deixou a mineira feliz, ela fez as malas cantando. Amarrada numa cadeira debaixo de uma escada, os gêmeos no alto dela com os galões de gasolina e os fósforos.

Quem deu falta da mulher, nem pensou em polícia, deu em nada. Os gêmeos eram puritanos, o crime uma obra tranquila, tinham lábios finos.

Alcebíades assumiu para Alcides a ternura que sentia por Sônia. Guardou as cinzas da empregada e num daqueles almoços de domingo, taça de licor levantada para o Espírito Santo, polvilhou o arroz-doce com os restos de Sônia.

— A canela — pediu Alcides.

Chorona

NATÉRCIA PONTES

Esparramada no sofá com minhas filhas, via um desenho animado da Disney. Lá fora fazia frio, as mãozinhas delas estavam geladas. Debaixo do cobertor, a gente brincava de tocar partes quentes do corpo produzindo um choque térmico aflitivo. A gente ria. O filme seguia sem que déssemos tanta atenção, até a parte em que uma personagem, um esqueleto de mulher, canta "La Llorona". A melodia e o drama da melodia me fisgaram. Depois que as duas dormiram, fui procurar "La Llorona" na internet, encontrei mais de vinte versões da música tradicional mexicana, que é baseada numa lenda local. Uma mulher casa, tem dois filhos, sofre uma traição do marido e, para se vingar, mata os dois filhos afogados no rio. Depois não suporta a dor e se mata na sequência. Seu fantasma úmido e gelado fica vagando na cidade à procura dos filhos. Sem sucesso, ela assusta adultos e crianças, com uma expressão agonizante, uma máscara congelada em súplica. Por onde passa, a Chorona deixa o chão molhado e um rastro de culpa pelo assassinato de seus filhos. Vi que existe um filme de terror inspirado na lenda mexicana, deixei para assistir depois. Saí do computador, o pensamento pastoso, enquanto abria a geladeira com o bafo mais quente que a temperatura da casa, fiquei procurando algo para comer, pensando numa mãe que mata seus filhos. Uma maçã murcha, dois dedos de suco de caju, fatias de queijo prato. A ideia de meter algo frio em meu corpo já tão frio me desanimou. Ameacei subir as escadas e parei diante do espelho que as guarda. Espelho, espelho meu, sou capaz de matar minhas filhas? A pergunta deu uma volta no meu pescoço e escapou pelo vão da porta da frente. Sinto que sou idiota e má. Para que me fazer essa pergunta? A Chorona matou os filhos por causa de um chifre. Motivo torpe. Mulher idiota. Mas nas notícias vemos filicídios aos borbotões. Considero jogar um bebê no lixo uma espécie de assassinato arrependido. O que leva uma mãe a matar um filho? A jogar um filho no rio escuro? A jogar o filho ainda de fraldas numa caçamba? Todas elas viram fantasmas? Algumas escapam da polícia e refazem sua vida, decoram o apartamento novo, tiram a sobrancelha, assam um bolo de banana no meio da tarde? Elas dormem? Noite após noite? Não dá para dizer que todas as mães que mataram seus filhos são psicopatas. "Mas não vos indigneis, toda criatura precisa da ajuda dos outros", pede a infanticida Maria Farrar. A personagem do Brecht que matou de pancada o filho que acabara de nascer num vaso sanitário, e sob a neve. Não vos indigneis. Tenho em mim alguma compreensão universal que acolhe os seres humanos. Chamo de meu lado "Jesus". E nesse exercício me imagino matando minhas filhas, não sei como, só as vejo lívidas, as boquinhas entreabertas. A imagem congela minha espinha, como sou capaz de me torturar assim? Subo as escadas, vou até o quarto delas, os brinquedos mortos, e elas respiram cheias de vida. Uma de bruços, a outra de conchinha com um coelho de pelúcia, as mãos unidas servindo de apoio à bochecha. Pensar é meio que fazer. Sigo um pouco tonta em direção ao meu quarto, carregando uma culpa imensa. Massacro a minha consciência por ter chamado a morte de maneira tão leviana e burra. Minhas filhotas, seus corpinhos quentes. Troco de roupa para tirar a carga pesada que paira sobre meus ombros, lavo o rosto, escovo os dentes, para desinfetar o hálito da morte. Não funciona muito. Entro na cabeça de uma mãe que está em vias de matar seu filho, não um bebê, uma criança de quatro anos, com quem já se teve uma convivência intensa. A criança fala e demonstra afeto, te amo, mamãe, você é linda, mamãe. A criança já tem um rosto feito, seus dentes de leite todos nascidos. Ela tem seu ursinho preferido, uma cor e uma comida. Ela tem a cama dela, com seu cheiro impregnado nos lençóis. Essa criança já sabe cantar muitas músicas e costuma cantá-las no chuveiro, entrando numa espécie de transe enquanto a água escorre. Quando o banho termina, ela grita pela mãe e essa mesma mãe, que vai matá-la mais tarde, a socorre com uma toalha. A criança veste seu pijama puído, pede uma canção de ninar, quem sabe uma história. A menina que tinha medo do medo do medo. A mãe tem tudo planejado ou vai matá-la de impulso? Ela planejou só na cabeça ou traçou um plano no papel? Melhor não deixar pistas. Estou sentada há minutos em minha cama desfeita, os pés congelando porque na troca de roupas esqueci de calçar meias. Meus pés estão cadavéricos, eu mesma começo a pensar que já estou morta por mergulhar nessa sordidez. Só pode existir um lado meu que já morreu. Um lado Jesus e o outro lado morto. A Chorona de azul-celeste. Ensaio uma depressão plúmbea, mas estou com o pensamento pontudo. Os olhos verdes do menino Henry, os dentes irregulares da Isabela. Maria Callas monumental em *Medeia*, soltando no chão a adaga suja de sangue. Feres e Mérmero mortos enquanto dormiam. "Eu quero sofrer!", ela grita, depois de matar seus filhos para se vingar de Jasão. Mais uma vez a vingança. Ai, de mim. Calço meias felpudas, deixo o quarto escuro e pesaroso. Desço as escadas, meu passo abafado pelas meias, quase escorrego no último degrau. Bebo água em goles largos. Minha respiração está ofegante, sofro com as cenas que se formam na minha cabeça. Um fio de sangue saindo da pequena boca, as pálpebras abertas e o olhar duro. Minhas filhas, eu as amo. Jamais matarei vocês. Uma delas me chama, como se adivinhasse, está tendo pesadelos. Uma delas choraminga agonizando diante do bicho-papão, a outra range os dentes como se estivesse mascando pedras. Faço shhh shhh e consigo contornar o pavor da noite escura que afunda o quartinho colorido delas: as estrelas que brilham no escuro estão pálidas, e, na penumbra, o urso que perdeu um olho me encara. Respiro, ensaio uma reza que não me convence muito. Volto ao meu quarto, visto meu pijama, deito a cabeça no travesseiro gelado. A melodia se repete nos meus ouvidos, "*Ay, Llorona de azul celeste*". Jamais verei nenhum filme de terror, "*The night is dark and full of terrors*", como disse George Martin na boca de alguma personagem. Volto a sonhar com papel, papel molhado, saindo em profusão da minha boca, vasculho as gengivas com os dedos, bolos de papel molhado, um papel grosso, se desfazendo em fibras úmidas enganchadas nos meus dentes. A ânsia de vômito é constante, mais papel molhado, pedaços irregulares, como gomos de alguma fruta maligna. Engulho. E ainda tem mais. O pesadelo dura a noite inteira, minhas unhas estão tomadas de fibras de papel molhado, é um papel rosa-claro, quase cinza. Cuspo e o papel grosso não sai. Enfio o dedo na garganta e não vomito. A noite é lenta como uma cirurgia complexa e acordo exausta. Minha boca está seca, minha língua ressecada. Um pequeno alívio agônico. Estou atrasada, preciso acordá-las e vesti-las com o uniforme do colégio. Manhã chuvosa e cinza. Umidade gelada. A Chorona passou por aqui? Vamos, filhinha, insisto. Ela vira de lado. Vamos, filhota, peço. Ela estica as pernas. O hálito guardado delas me comove.

Com alguma resistência, consigo arrumá-las para o dia escuro que se inicia. Arremato calçando as meias, um par de unicórnios e um par de gatinhos, depois um pequeno rabo de cavalo. Estão prontas, desçam. Os tênis estão lá embaixo. Não sei se foi o sopro frio que antecipou o estrondo. Não eram trovões, mas os ossos das minhas filhas arrebentando nas escadas. Grito.

A troca

FABIANE GUIMARÃES

Sei de mulheres que vivem aterrorizadas com a possibilidade de que seus filhos sejam trocados na maternidade. Imagine parir um bebê sem rosto fixo, com marcas de sangue seco, e levar para casa outro, um estranho. Imagine dar banho no bebê extraviado, entregar-lhe o peito, amá-lo a ponto de reconhecê-lo como seu. Acho que o terror é inspirado pelo perigo da ligação. Elas temem descobrir a troca e então ser obrigadas a desfazer o amor. De qualquer forma, comigo aconteceu a coisa oposta. Aos três anos de idade, trocaram a minha mãe.

Sempre tive uma memória precoce, ao contrário de todas as pessoas. Quando espiava pelas estantes do tempo, conseguia visualizar os detalhes mínimos e mais distantes. Muito cedo comecei a perceber que me recordava de coisas que já deveriam ter sido esquecidas, como se a infância dos outros fosse um pântano habitado por monstros soterrados, enquanto na minha todos eles brotavam do horizonte inteiros e muito sólidos. Dizem que crianças são feitas para esquecer porque, quando se lembram, não conseguem crescer em paz. Eu, por outro lado, nasci arrastando o fardo de conseguir me lembrar de tudo.

A primeira recordação que tenho é de uma casinha esverdeada com chão vermelho encerado, onde uma mulher de braços grossos — era minha avó? — me segurava no colo. Essa casa ficava numa rua sem saída e um pé de manga crescia rente ao muro, pintando a calçada de sangue amarelo. Essa mulher tinha um cachorro, um vira-lata grande e desengonçado, e eu sempre tremia quando ele se aproximava esbaforido para me lamber com a boca cheia de dentes pontudos e negros. Eu amava esse cachorro, é certo, e também morria de medo dele, o que ainda é um sentimento bastante familiar.

Na época em que morávamos nessa casa, minha irmã havia acabado de nascer. Ela chorava noite e dia, berrando de dor, seus gritos ocupavam todas as pessoas da rua. Mas foi por pouco tempo. Logo meu pai colocou tudo que tínhamos no porta-malas de um Ford Belina vermelho e fomos embora dali. A vida toda ouvi meu pai se gabar daquele carro, de como tinha saudades.

Meu pai era um homem imprevisível e inconstante, com o hábito de fugir. Depois da casinha verde, ficamos um bom tempo sem morar num lugar fixo, sempre alugando espaços às pressas e atravessando cidades do interior empoeiradas. Ele nunca passava muito tempo comigo e com minha irmã, na verdade. Não gostava de interagir conosco e parecia contaminado por uma energia sombria e torta que o impelia para fora, para longe de casa, qualquer que fosse a casa. Bebia muito. Quando aparecia, ele e minha mãe brigavam o tempo inteiro. Por uma delicadeza dela, todas as guerras eram travadas aos sussurros. Se não podia gritar, ele descontava toda a raiva que tinha nas paredes, que amanheciam com o reboco descorado, coberto de marcas de socos.

Se o meu pai era uma incógnita, um mistério violento, a

minha mãe era a nossa pessoa preferida do mundo. Ela cheirava a água-de-colônia e pasta de dentes, gostava de usar vestidos rodados e floridos, e na época de seu desaparecimento usava o cabelo curto, na altura dos ombros. Cabelos negros e grossos feito suas sobrancelhas. Tinha olhos castanhos, mas não castanhos como os *dela*. Sua pele era morena, mais escura quando tomava sol. Eu consigo me lembrar da minha mãe, da voz rouca com a qual beijava nossos ouvidos, do bolo formigueiro que fazia e depois me deixava lamber a colher, da sua silhueta magra e frágil contra o batente da porta, esperando por uma ajuda e um conforto que nunca chegavam. Ela vivia isolada, porque ele não deixava que tivesse amigas. Passava grande parte do tempo cuidando de nós, e fico pensando se foi por causa disso que desapareceu tão fácil.

Uma viagem antecedeu o golpe. No dia em que eles avisaram que iriam sair de férias, chorei desconsolada. Tentei escalar os joelhos da minha mãe, pedindo abrigo, porque talvez suspeitasse que alguma coisa estranha estava acontecendo. Meu pai tinha feito as malas às pressas, muito nervoso, e ela permaneceu calada como às vezes ficava, uma estrela distante e inacessível, nem me olhou direito. "A gente volta logo, Luciana" — foi ele que se despediu, descolando à força minhas mãozinhas grudentas e entregando-me para a vizinha, uma senhora velha e enrugada que já tinha quatro netos pequenos para cuidar. Minha irmã ainda era um bebê de colo, eu mesma continuava muito pequena, e não dava para entender por que éramos abandonadas daquele jeito.

A vizinha trabalhava fazendo pães de queijo para vender e ouvia sem parar um radinho de pilha que arrotava propagandas da Mercearia Unaí, e por conta desse pequeno detalhe sei que morávamos então na cidadezinha mineira. Não me lembro de muita coisa que aconteceu enquanto ficamos com ela, quantos dias se passaram, na perspectiva das crianças o calendário é sempre indefinido e o desconhecimento sobre o tempo, embora fosse uma bênção, muitas vezes eu ficava desorientada. Eu choramingava aos pés da mesa da cozinha e essa senhora, sem muita paciência, me mandava calar a boca.

— Seu pai e sua mãe precisam namorar um pouco — resmungava, manobrando a argamassa de polvilho e ovos numa bacia. A luz do sol entrava por um vitrô colorido e batia na mistura, enquanto os pães de queijo repousavam prontos, dourados, debaixo de um pano de prato.

Quando eles finalmente voltaram, passaram com o Ford Belina para nos pegar, e meu pai entregou à vizinha o pagamento, avisando que estava com pressa. A mulher ocupava o lugar da minha mãe no banco da frente e permaneceu ali por alguns minutos, olhando para o nada, depois desceu, armando um sorriso simpático. Veio me abraçar. Por um instante fiquei confusa, como se estivesse diante de um truque de mágica. As duas eram muito parecidas, é certo, e o corte de cabelo era mesmo idêntico, mas havia uma diferença fundamental naquele rosto rígido. Sua fisionomia não guardava nenhum amor. Só quando estávamos a caminho de casa consegui elaborar minhas suspeitas pela primeira vez. Ela seguia no banco da frente, carregando o corpo rechonchudo da minha irmã, sem falar uma só palavra, e meu pai parecia inquieto, girando o botão do rádio à procura de uma música que abafasse a farsa.

A mulher ria como minha mãe. Usava as roupas dela, sua água-de-colônia da Avon, e cumprimentava os vizinhos enquanto caminhava até o mercadinho, com a minha irmã enganchada na cintura. Ninguém mais parecia notar aquela diferença, enquanto eu corria de todos os carinhos e me escondia atrás dos móveis e das cortinas. Ela insistia, pedindo um beijo, sem nunca perder a paciência. Mesmo quando meu pai arrancava o cinto das calças e ameaçava me bater pela insolência de insistir *naquela boba-*

gem, a mulher pedia com carinho que ele se acalmasse e vinha se ajoelhar no chão, me encarando com aqueles olhos castanhos muito redondos, muito diferentes, e às vezes sussurrava que eu só precisava de um pouco de tempo.

Cresci à sombra daquele instinto inquieto e mentiroso, acho que o meu luto infantil nunca expressado foi se refletindo em raiva. Tornei-me violenta, agressiva com os coleguinhas de escola, o terror das professoras. Também era uma criança calada, a quem ninguém buscava entender de verdade, só eu sei a dimensão dos meus pesadelos. Tinha perdido a minha mãe e estava sozinha porque ninguém mais percebia sua falta. A minha solidão doía nos braços, nos joelhos, doía tanto que às vezes eu me jogava de cabeça no chão, esperando acabar com a tristeza da desconfiança não confirmada.

Em casa, as coisas também estavam diferentes em seus detalhes mais práticos. Meu pai deixou crescer um bigode e agora passava muito tempo em casa, mas as batalhas dos sussurros acabaram de vez. Quando discutiam, os dois falavam muito alto. Essa mulher gostava de gritar e de ameaçá-lo com revelações indiscretas. Às vezes saía na rua, de camisola e tudo, batendo no peito que ele não era homem para desafiá-la, e depois voltava, com os cabelos eriçados e a voz meiga, pedindo desculpas pelo descontrole, por sair da própria personagem.

Poucos anos depois daquela viagem, meu pai recebeu uma proposta de emprego em Brasília, então embarcamos pela última vez no Ford Belina, deixando um caminhão de mudanças com instruções de seguir nosso rastro. Ela parecia feliz em abandonar o buraco onde corria o risco frequente de ser desmascarada. Com um lenço amarrado à cabeça — minha verdadeira mãe nunca usou lenços — dizia que era um novo começo para todos nós, um novo começo numa cidade que era o próprio símbolo da novidade.

Quando chegamos a Brasília, no meio do calor acachapante de agosto, meu pai se encaminhou imediatamente à Esplanada e nos obrigou a tirar uma foto no gramado esturricado em frente ao Congresso Nacional. Ainda tenho essa foto. A mulher segura minha irmã no colo, com um sorriso falso, os óculos escuros quadrados e aquele lenço ridículo, enquanto eu me posiciono encolhida, o mais distante possível das pernas dela, com as mãos entrelaçadas entre os joelhos. Tenho o olhar furioso e perdido de uma órfã.

Por conveniência, as outras fotos de infância que tínhamos revelavam muito pouco da minha outra mãe. Só havia alguns álbuns de registros queimados e borrados, uma foto do meu batismo em que ela aparecia com a cabeça curvada, e um retrato do casamento deles, um casamento rápido num cartório, em que ela ria de lado, escondendo o rosto com a mão. Quando questionei meu pai sobre isso, ele deu de ombros e disse que era caro mandar revelar fotos naquela época. Sabendo tão pouco, era muito difícil acessar a verdade. *Quem é você?*, eu me perguntava, olhando para a mulher que agora organizava as panelas e as louças, cantarolando um pagode. Às vezes ela me pegava olhando e erguia o queixo com um sorriso cínico, como se me desafiasse a provar minha tese.

Fomos morar numa casa de três quartos no Núcleo Bandeirante e o emprego que meu pai havia conquistado, na Companhia Urbanizadora da Nova Capital, nos deu pela primeira vez direito a luxos nunca antes imaginados. Tínhamos uma televisão enorme, um Super Nintendo, bonecas de todos os tamanhos possíveis e podíamos beber refrigerante à vontade. Minha irmã teve ali uma infância feliz e comum, e a vida toda me culpou por tentar estragá-la, o que contribuiu para nosso afastamento definitivo. Minha irmã teve outra mãe. Ela nunca se lembrou da verdadeira.

O psiquiatra ao qual me obrigaram a ir na adolescência decretou que eu sofria de transtorno dissociativo. Havia criado uma realidade alternativa e fabricado memórias falsas para corroborar a fantasia. Ele disse que era impossível que uma criança se lembrasse de tantas coisas aos três anos de idade; que o cérebro, nessa idade, era uma massa derretida e mole, incapaz de agarrar os fatos. "Você não é um prodígio", ele garantiu, do alto de sua solidez profissional. "É só uma menina comum que criou uma mentira e acreditou nela." Mandou-me embora do consultório com uma prescrição de medicamentos que eu cuspia no vaso todas as noites depois do jantar.

Tentei pedir ajuda. Aos dezesseis anos, cheguei a ir à delegacia, onde um escrivão cansado escutou a história e me despachou sem cerimônia, como se eu estivesse de fato louca. Curiosamente, todas as testemunhas da existência de minha mãe haviam desaparecido no anonimato. Nós não tínhamos familiares, amigos antigos, pessoas que pudessem atestar que ela havia sido substituída. Minha memória era a única prova. O grande problema das lembranças é que elas só existem dentro da gente.

Às vezes, eu também duvidava. *Será que a minha imaginação era assim tão fértil, será que as memórias podem ser inventadas, será que a realidade era uma mentira?*, refletia, enquanto minha família crescia ao meu redor como um organismo alienígena. Minha irmã se agarrava à mulher, as duas muito confidentes isolavam-me no meu quarto. Elas me deixavam em paz. Nos dias bons, riam e assistiam à TV barulhenta na sala, fazendo questão de evidenciar o acordo de amor e carinho que não me contemplava. A mulher não tentava mais me convencer de que pudesse ser minha mãe, já não tentava se aproximar de mim, embora me respeitasse, nunca me tratasse mal, nem partilhasse da violência que corria nos olhos do meu pai. Às vezes, dizia que me amava.

Se ela me amasse como uma mãe, concluí um dia, não teria desistido de mim.

Eu pensava com frequência na senhora de braços flácidos, na casinha verde sombreada pelo pé de manga, e sabia que aquela pessoa seria a única capaz de vencer aquele jogo dos sete erros, ou ao menos garantir-me alguma paz de espírito. Mas, por mais que tentasse, não conseguia descobrir um nome ou instalá-la no mapa. Uma vez perguntei diretamente ao meu pai quem era ela.

— Não sei do que você está falando, Luciana — ele resmungou, franzindo a testa por um milésimo de segundo, talvez surpreso que eu soubesse. — Nunca moramos com uma mulher assim. Quando você vai parar de inventar essas coisas?

Ele continuava um homem violento que bebia todos os sábados. A diferença era que ela bebia junto e com frequência os dois se espancavam no quintal dos fundos. Os vizinhos percebiam, mas não faziam nada. Às vezes eu torcia para que ele a matasse e sumisse com ela também.

Fui embora de Brasília na primeira oportunidade que tive. Só voltei por ocasião da morte do meu pai, que sofreu um infarto fulminante no escritório da Novacap, onde ainda batia ponto. No velório, abracei com rapidez o corpo imóvel e distante da minha irmã, e encarei a mulher pela primeira vez em muitos anos. Ela estava muito envelhecida agora, e parecia mais cansada do que triste. Depois do enterro, quando voltamos as três para casa, chamou-me para conversar. "Por favor, Luciana, é rapidinho." Eu sabia que ela estava com câncer, minha irmã tinha me contado numa mensagem desaforada na qual me chamava de doente mental, insensível e psicopata. Sentamos à mesa de jantar, diante de uma garrafa de café.

— Eu sinto muito que a sua vida não tenha sido do jeito

que você pensou que seria — ela começou. — Seu pai era um homem honesto. Ele cometeu muitos erros, e acho que se arrependeu de verdade, por causa de vocês duas.

Com a cabeça baixa, mexendo a xícara de café, deixei que ela continuasse.

— Queria te pedir desculpas por tudo.

Era a primeira vez que ela falava daquele jeito. Levantei a cabeça e a examinei de perto. Seus olhos estavam cheios de lágrimas. Não eram mais os olhos espertos de raposa, com falsa adoração. Estavam ocos, vazios, o olhar de alguém que não se dava mais ao trabalho de fingir.

— Eu não consegui tudo que eu queria, no fim das contas. Você foi mais difícil. Mas agora não adianta chorar pelo leite derramado.

As lágrimas, logo entendi, não eram de culpa. Arrastei a cadeira e fiquei em pé, o corpo inteiro de repente tremendo com uma espécie de pressentimento.

— O que vocês fizeram com ela? — perguntei. — Só me conta isso. Ela ainda está viva?

Mas a mulher, com aquele olhar morto e empedrado, não respondeu de imediato. Apenas suspirou, pondo a mão no queixo gorduroso, e pensei que iria contestar e se defender. Mas então ela sussurrou bem baixinho, quase soprando as palavras para que desmanchassem logo no ar, para que não ficassem firmes nem mesmo na minha memória:

— O que você acha?

Profundeza
ELIANA ALVES CRUZ

O FUNDO

Enrico Oiro Terceiro fechou os olhos e respirou tremendamente aliviado o ar fresco daquela noite agradável, na varanda do luxuoso apartamento às margens do rio Sena. Encheu mais uma taça do vinho caro e brindou ao vazio na escuridão: "Pelo fim da tormenta...". Sorveu goles do líquido cor de rubi sentindo a quentura que envolvia as paredes de sua garganta, descendo suavemente até chegar ao coração batendo menos desesperado desde que chegara do outro lado do oceano.

— Assombração não atravessa a água... — Sorriu, balançando a taça para ver bailar o vinho no seu interior. Bebeu um gole grande e ficou pensativo uns instantes sobre o que ele, sempre tão racional, tinha acabado de dizer. — Não é que isso é mesmo verdade? Já estou aqui há duas semanas e nada...

Deu mais um gole antes de ajeitar a coberta sobre as pernas. Abriu um livro e acabou por adormecer recostado na poltrona confortável.

Não se sabe quanto tempo ficou ali, mas um som quase inaudível apareceu em seus sonhos. Tic... tic... tic-tic... Enrico continuava mergulhado em seu sono refazedor. Tic... tic... tic... Ele acordou e se levantou num solavanco, de prontidão, tentando identificar de onde vinha o barulho, parecido com o de uma picareta pequena ou de um formão tentando furar uma superfície dura.

Enrico correu aflito pela espaçosa varanda, entrou no apartamento. Ele girava em agonia pela sala, quartos, cozinha enquanto o volume do irritante som aumentava e tomava tudo. Desesperado, começou a gritar e a esbravejar para o nada. Tomado de raiva arremessou nas paredes copos, jarras, pratos, objetos.

— Apareçam, seus covardes! Apareçam!

Enrico queria revidar, queria eliminar o inimigo invisível a qualquer custo. Na área de serviço encontrou martelo e outras ferramentas. Aquelas paredes seriam abertas, os canos se preciso fosse! Quem estivesse se escondendo apareceria de um jeito ou de outro. Não adiantaram os apelos por silêncio. A vizinhança, apavorada, chamou a polícia.

Vez por outra ele se ajoelhava tapando os ouvidos para não escutar os, agora volumosos aos seus ouvidos, sons de picões, almocafres e enxadinhas de veio escavando e fendendo paredes de pedra. Exausto, mas sem se dar por vencido, olhou para o alto. Subitamente, numa pequena fração de tempo, pareceu ver centenas de pequenos olhos. Olhares chorosos, perdidos, entorpecidos e alguns com ódio profundo. Enrico tentou um último golpe na parede. Soltou um grito desesperado. Não conseguia enxergar nada. Estava cego.

Pouco antes de conseguirem arrombar a pesada porta de entrada, tudo ficou estranhamente quieto. O primeiro policial a pisar na sala, Jean Paul, não teve palavras. A escuridão era absoluta, mas podia ver as paredes completamente esburacadas, muitos cacos, pedras, cascalho. Nada estava inteiro. Uma terra úmida se espalhava por todo o espaço, além de uma névoa.

— Já estive em covas menos assustadoras... — disse.

Os vizinhos, amedrontados do lado de fora, tentaram ver o que acontecia do lado de dentro, mas foram afastados por outros policiais, que entraram fechando a porta e deixando os colegas de sentinela. Um deles abaixou-se e pegou punhados da terra que cobria em abundância todo o piso do imóvel. Espalharam-se com passos lentos e empunhando suas armas com todo cuidado, esquadrinhando cada canto do apartamento mais estranho que já viram.

Aliás, não era mais um apartamento, pois do teto rebaixado e coberto de pedras pendiam teias e musgos. Havia uma aquosidade no ar. Algumas bolsas, espécie de mochilas antigas de couro, estavam amontoadas em cantos por todos os cômodos.

Jean Paul avançava sozinho pelo apartamento, com o cano da arma apontando ora para a porta à sua frente, ora para o corredor atrás dele, temendo que poderia surgir alguém, que havia algum inimigo à espreita. Um passo, dois passos e... caiu de costas com grande estrondo. A arma disparou para o alto. Alguns colegas correram em seu auxílio.

Jean estava no chão com expressão de horror e nojo, pois não sabia que espécie de argila era aquela. Seus pés estavam esticados sobre o monte que o fez tropeçar e, embaixo dele, apenas com a cabeça de fora. Lá estava Enrico, desacordado.

Pegaram a terra e olharam atentamente, esfregaram entre os dedos. Sentiram vários odores. Aguardente, óleo, urina e...

... sangue.

Um mês antes da fuga para Paris, Enrico, um homem com pouco mais de trinta anos, não tinha motivos para grandes preocupações. Herdeiro, possuía bens que nem sabia que eram dele. Era considerado uma boa pessoa. Enrico também não precisava se preocupar com ninguém. Sua vida estava definitivamente resolvida e, talvez, a de algumas gerações vindouras. A ele foi dada a dádiva de desfrutar sem o fardo de ter que vigiar a marcha e as marcas do tempo.

A ladeira de uma vida feita apenas de subida começou a inclinar-se para o lado oposto quando, sabendo que não escaparia de uma doença terminal, seu pai, Enrico Oiro Segundo, ou apenas Segundo, como o chamavam, resolveu fazer uma última viagem ao lado do filho único. Ele finalmente saberia até onde se estendiam os seus domínios. Voltaram à primeira infância de ambos em fazendas e cidades com cheiros e gostos de vidas amenas, passadas em férias. Sentados no jardim de uma das propriedades, olhando o pôr do sol, o pai fez uma revelação ao filho.

— Está chegado o momento. Vimos tudo, ou melhor, quase tudo. Falta uma última propriedade.

Enrico indagou o pai com o olhar intrigado. O que mais poderiam ter? O velho Segundo encrespou o semblante.

Naquela noite, Enrico Terceiro despertou com um barulho que parecia vir do chão, das paredes, do teto. Um som seco de escavação. Tic... tic... tic... Pôs o travesseiro sobre a cabeça para tentar dormir. Tudo em vão. Abriu os olhos e mirou o teto. Grãos finos caíram em seu rosto. Passou a mão no nariz. Era terra. Seriam ratos? Olhou outra vez para cima e subitamente, numa pequena fração de tempo, pareceu ver centenas de olhos pequenos. Olhares chorosos, perdidos, entorpecidos e alguns com ódio profundo. Assim como vieram se foram, e ele pulou da cama assustado.

O rapaz saiu cambaleante pelo corredor comprido de tábuas corridas e enceradas da casa de fazenda. A boca estava seca. O suor escorria pelo rosto e empapava o peito. Precisava de água, de ar. No caminho para a cozinha abriu uma janela lateral. Mal puxou o ar com cheiro de mato, uma revoada de pássaros cinzentos invadiu e coalhou o ambiente com um bater de asas frenético.

Enrico não conseguiu fechar a janela. Os pequenos pés com garras se embrenhavam em seus cabelos, lanhavam seus braços, seus ombros, seu peito... Apenas teve tempo de correr para uma das salas. Fugindo das aves, abaixou-se encolhido a um canto. O passaredo fez escuridão ainda mais densa no ambiente. O bater de asas parecia ressoar umas vozes em coro: "Sem perdão. Sem esquecimento. Sem perdão. Sem esquecimento".

Encolhido, ele fixava o pensamento em que iria despertar, mas, pelas gretas das tábuas no chão, uma água quente brotava. A nascente misteriosa ia inundando a madeira, os tapetes, os pés dos móveis. Os pássaros voltaram-se outra vez para ele e pareciam querer devorá-lo. Gritou por socorro. O pai e os empregados da fazenda apareceram correndo e encontraram Enrico debatendo-se e espantando coisas invisíveis no ar. As calças ensopadas, os braços, o peito e a testa arranhados.

Outra vez deitado na cama, uma batida na porta o colocou em prontidão. Melina, uma velha empregada, encostou seu rosto tranquilo no batente. Enrico relaxou. Ela serviu um copo de leite quente e sentou-se na beirada da cama.

— Foi muito real, mas foi apenas um pesadelo, Enrico... não fique tão impressionado — ele dizia para si mesmo sem muita convicção, sob o olhar atento e cansado da mulher idosa, que vira muitas gerações dos Oiro. Alguns sugaram seus seios, outros seus músculos e ossos, e mais alguns as três coisas juntas.

Ela olhava detidamente para os arranhões adquiridos na noite anterior.

— Sr. Enrico… Por quantas vidas seguidas pode durar um pesadelo?

Mal o dia raiou dois cavalos de raça trotavam imponentes pela estrada de terra. O pai ia ereto, sério e calado ao lado do filho sob um céu de chumbo que anunciava chuva. Seguiram no passo lento dos animais até a entrada de uma caverna, onde estancaram e apearam.

O velho Segundo apontou uma entrada de pedras.

— Aqui tudo começou.

Enrico mal deu um passo na direção do local apontado pelo pai quando, atrás de uma bola rolando em alta velocidade, vieram meninos correndo, empolgados para recuperar o objeto. A bola foi diminuindo a velocidade e parou na beira da caverna.

Acabou a festa. Os garotos olhavam uns para os outros se perguntando: "Quem vai até lá?". Pássaros cinzentos vieram e pousaram em galhos próximos. Instintivamente todos deram um passo para trás, mas o velho Segundo, irritado, caminhou resoluto na direção da bola.

— Quanta bobagem. Não tem nada lá.

Imediatamente Enrico pôs as mãos nos ouvidos. O "tic… tic… tic… tic…" da noite anterior veio a todo volume assim que seu pai se colocou a caminho do buraco. "Sem perdão. Sem esquecimento…"

— Que lugar é este? — gritava Enrico.

— É a mina abandonada — disse um dos garotos, imediatamente virando-se de costas para correr. Os outros o seguiram e apenas um restou, olhando fixo para o velho Segundo, que caminhava resoluto até a bola.

Enrico estava no auge do sofrimento. O barulho de metal golpeando a pedra e também os murmúrios o fizeram cair de joelhos na terra. Um pássaro cinzento sobrevoou sua cabeça e pousou no ombro do menino, que encarou Enrico com estranheza. Sua voz ressoava muitas outras em coro.

— Era muito apertado lá dentro. Apenas nós, as crianças, conseguíamos descer. Ele sabia, ele sabia... ele sentia o cheiro... Ele nos obrigou a descer. Nossas bolsas cheias de pedras carregadas eram o ouro de vocês e a morte para nós. Tudo o que queríamos era subir, beber água, comer, descansar... mas o sr. Oiro queria mais, mais e mais. Ele nos deu bebida, ele nos deu a aguardente para que não ardesse a dor da fome! Foi ele, foi ele, foi ele!

O velho Segundo pegou a bola e a arremessou longe. No ar, ela se transformou em bumerangue e retornou para ele. Era o fim do penúltimo sr. Oiro.

O ALÇAPÃO

Olhando o escuro pela janela do avião, Enrico via o rosto de Melina. Via as cenas relatadas por ela sobre a mina abandonada. Via os homens jovens escavando incessantemente e os pequenos montes de ouro, que se misturavam com as pedras nas costas das crianças que saíam dos lugares mais fundos e estreitos. Via água no fundo de bateias giradas por muitas mulheres, e os jovens homens que trabalhavam mergulhados até a cintura por horas sem conta para dar todo o ouro da família Oiro.

— Meu bisavô contava que era quente demais lá dentro. Eles usavam pássaros para saber quando o ar estava rareando, pois quando uma ave morria... era preciso correr: em pouco tempo todo mundo morreria também.

A imagem de Melina não saía de sua mente, nem sua pergunta sem resposta: "Por quantas vidas seguidas pode durar um pesadelo?". Desconfortável na cadeira do avião, ele deixou escapar em voz alta: "Não me interessa! Eu não tenho culpa do sofrimento de vocês!".

O policial Jean Paul olhava penalizado por uma câmera e viu quando Enrico Oiro Terceiro despertou na imensidão branca e macia. Tentou se mexer e não conseguiu. Seus braços estavam atados nas costas e ele vestia uma roupa estranha... uma camisa de força! Revoltou-se e gritou num primeiro momento. Depois, aquietou. Pensando bem, poderia ser bom estar ali. Finalmente poderia ter paz... Dormiu outra vez.

"Tic... tic... tic..." Ele acordou e despertou num solavanco.

Não havia como fugir. Pelo visto, no fundo da mina abandonada da família Oiro havia um alçapão e ele acabara de cair nele. Vagando naquela imensidão branca, Enrico via seus cavalos, suas casas, suas terras, via o pai... via Melina. Ele deitou a cabeça em seu colo.

— Melina... Por quantas vidas seguidas pode durar um pesadelo?

Ao que ela respondeu com a voz de mil vozes:

— Não sei... Eu não tenho culpa do sofrimento de vocês!

Coração da aurora

ANA RÜSCHE

Era no tempo da impermanência. Naquela vila, diziam que o mar comia demais a terra ali, avançava na faixa de casas e não compensava botar dinheiro num lugar que logo estaria embaixo d'água. A menina, uma garota sardenta miúda, não conhecia o próprio pai, e essa era a preocupação mais significativa daqueles treze anos, embora fosse muito comum não ter pai naquele lugarejo, em que conexões filamentosas nunca foram sequer instaladas e a contaminação alta era uma realidade. Os outros seis irmãos, todos homens, ignoravam a ausência paterna com chutes e socos. A garota terminou por aprender o mesmo, moldando-se mais brava do que quieta, insistindo em suas interrogações.

Sua mãe descascava camarão no mercado de peixe, uma mulher forte do coque frouxo chamada Nascimento, sempre rindo solta demais para alguns turistas bonitos, cantando alto nos dias ensolarados. O pai da menina fora um desses, com camisa de linho branca, com uma manta eletrônica no braço quitinoso, a coordenar reuniões síncronas em outros lugares, cercado por seis drones zumbindo. Vinha ao litoral para esquecer da vida, desconectar-se, passava no mercado para comprar frutos do mar e, nisso, se engraçava com aquela moça. Um dia, Nascimento caiu na besteira de fazer algum tipo de cobrança sentimental, além de um dinheiro que já recebia por agrado daquele homem de carapaça rígida, e o turista da camisa de linho não voltou mais. Decidiu passar férias em outro lugar.

Com a ausência, a mãe começou a cantar músicas tristes, como se fosse possível tecer o anoitecer. A tristeza possui uma beleza fascinante e a única filha resistia àquele chamado, fugindo para o terreno baldio para não aprender as melodias.

A garota, por acidente, descobriu que, tocando o solo com as mãos, sentia as redes miceliais vibrando entre os dedos sujos de terra. Mesmo que conexões não tivessem sido cultivadas ali, a rede fúngica acumulava-se pelos subterrâneos num constelado selvagem. A miúda nada podia fazer, sem materiais para unir filamentos a impulsos elétricos, mas era gostoso sentir aquela massa viva transmitindo pulsos, observando seus próprios hormônios interagindo com as hifas. Dava até vontade de cantar.

Com os treinos noturnos, tornou-se boa naquilo, levando para ali e para lá os impulsos. Numa noite de lua vermelha, decidiu mostrar sua proeza ao irmão mais querido, com quem compartilhava o mesmo perfil de nariz:

— Olha só, Rica, o que consigo fazer com as mãos.

A garota passou a mão pela terra, arrepiando o solo. Ricardo, mais velho, observou tudo com uma pontada de dor e preferiu fingir surpresa, rindo com os dentes separados:

— Você ainda não viu nada, camarãozinho. A rede está reagindo. É daquele mesmo produto que faz as carapaças, sabe? Por algum motivo, você está acumulando o troço no sangue. As outras pessoas soltam isso quando fazem xixi. Mas agora esconde isso da mãe.

Nem precisava desse conselho. Nos últimos tempos, a mãe

castigava-a por qualquer coisa, como se bater na filha fosse trazer uma liberdade das surras recebidas da própria mãe. A garota sabia: iam acusá-la de ser igual a Maria Meriã — a tia linchada pela comunidade. Se estivesse num lugar de melhores recursos, a contaminação sanguínea seria convertida em talento. Ali, estava destinada a defender-se do falatório das vizinhas e das mordidas dos irmãos.

Quando completou catorze anos, a adolescente enferrujada de sardas cutucou a imensa batina do padre Anselmo num final de missa de domingo. Ele caminhava acompanhado de dois drones, os braços com a malha eletrônica implantada na parte quitinosa do ombro, tudo feito pela tecnologia micelial, codificando hormônios artificiais em sinais elétricos, movendo objetos em outros planos, muito além daquele no qual pregava aos fiéis.

Aproximando-se dos drones zumbindo, a garota inquiriu, séria:

— O senhor é meu pai?

O padre gordo só pôde respirar fundo. Aquelas perguntas surgiam mesmo. Afastou os drones com um gesto como quem afugenta moscas e esclareceu:

— Somos irmãos perante Cristo, minha pequena.

O semblante da menina manteve-se sério. O padre acenava a outros fiéis, sabendo que as imagens estavam sendo transmitidas ao vivo pelos drones e sempre havia alguém assistindo para acusar alguém. Prosseguiu na improvisação:

— Mas, bom, "padre" é uma espécie de pai também, um pai espiritual. Cuidando de nossa abençoada comunidade.

A menina relampejou por dentro, sentindo os pés descalços ancorados nos longos filamentos invisíveis imersos na terra. O homem de Deus retribuiu o sorriso bonito da garota, com o coração um pouco amargo, tanto poder ante a desgraça das gentes.

Então, a garota alisou o pano preto da manga da batina. Sem

se fazer de rogada, abraçou o santo homem com força. Através do tecido fino e da malha eletrônica, conseguia sentir a quentura do corpo cheio de dobras. Era bom. Fechou os olhos, ficou ali uns minutos sem respirar, imóvel no enlace, como se algo passasse daquele corpo miúdo até aquele outro, os pés descalços na terra, filamentos e filamentos, unindo tudo e todos.

Ao sair dos braços do sacerdote, sentia-se zonza de alegria. Saltitou para casa pelas ruas lamacentas. A notícia era tão boa que não se aguentou e contou o incidente durante o jantar, o que lhe valeu um tapa da mãe que deixou um tuim no ouvido.

— Que é isso de perguntar para o padre se é teu pai, garota? Onde já se viu? Ele não é teu pai coisa nenhuma. É um homem de Deus.

O enxame da vergonha zuniu até a garotinha pousar a cabeça no travesseiro à noite. Escutou ainda Nascimento reclamando a um dos irmãos mais velhos:

— Tive que dar uns tabefes mesmo, Rica. Imagina, filho, o que não acontece se ela agora fica de ti-ti-ti com esse padre. Nunca vi, querer tanto um pai. Ainda bem que aquele homem é um santo. Se fosse o outro, já teria mexido com ela. Desse jeito, essa mal-agradecida vai virar uma Maria Meriã. É a herança daquela desgraçada.

Naquela noite, Nascimento não cantou por uma vergonha apertada no peito, uma contaminação inquieta.

A menina também mal conciliava o sono. Por que o irmão não a defendia? Ele sabia de tudo! Quando o sol raiou, a garota descobriu que sangrava pelas pernas e sujou todo o lençol com uma viscosidade marrom. No banheiro, ao se analisar, tingiu as unhas de ocre, agora as pontas dos dedos pareciam apresentar cascas como as de camarão. De alguma forma, a jovem mulher sabia exatamente o que estava lhe acontecendo. O corpo craquelava, trincava-se como terra sem água. Os peitos doíam, marcando a blusa gasta de dormir, e a cabeça pedia pensamentos detestáveis: ela estava condenada igual a tia Maria. Foi por isso que o irmão não a defendeu?

O dia seguinte foi muito pior. Descobriram o padre Anselmo morto. O veterinário local, com fama de ser melhor médico que os da Santa Casa, ao descobrir a garganta do falecido fechada, decidiu-se pelo choque anafilático:

— O padre jantou o quê?

Fizeram uma lista do cardápio noturno. Tudo bastante inofensivo. Uma das moradoras idosas aconselhou não irem a fundo sobre aquele jantar, poderiam descavar algum escândalo ali, ligar o padre a um pescador musculoso. O veterinário aquiesceu e não fez mais perguntas. O corpo foi levado para o Santuário Diocesano, pranteado por muita gente. Afinal, o padre Anselmo era um homem querido.

Um ano se passou e três mudanças chegaram.

Zeca, um novo namorado da mãe, veio morar naquela casa. Não tardou para Nascimento ganhar barriga novamente, mesmo já com uma certa idade, conforme vigiava a fofoca na vila. Em meses, a garota deixou de ser única filha, ganhou uma irmãzinha. Também deixou de ser miúda — os peitos marcavam muito as camisetas velhas que ela usava, os episódios de craquelamento do corpo eram piores, a menstruação não atrasava e o espinhaço arqueou para esconder aquilo tudo. O pulso com a terra era constante, sentia as flores invisíveis do micélio subterrâneo correndo pela epiderme, fazendo cócegas boas. As broncas e tapas maternos pioraram, nada estava bom, nada fazia direito. Para piorar, o irmão mais amado, Rica, de uma hora para outra decidiu trabalhar na cidade grande.

Mesmo recebendo tapas na cabeça, a enferrujada espichou centímetros, cada vez mais alta e desengonçada para seus quinze anos. Inclusive ultrapassou, em altura, dois dos irmãos. E descobriu um momento de paz: quando decidia cantar junto com a mãe, naquele profundo fascínio sobre a tristeza. No início da noite, mãe e filha entoavam juntas as vozes pesadas do peito em direção às estrelas.

O padrasto Zeca tomava café e fumava em boa parte do dia. Nascimento entregava-lhe a própria felicidade numa garrafa térmica antes de ir trabalhar. Enquanto isso, os filhos mais velhos ajudavam em barcos na madrugada, vendiam peixe pela manhã e vadiavam no largo da matriz à tarde. Os mais novos limpavam pilhas de camarão, estocando tudo nos grandes freezers. A garota fazia parte deste último time e sua cota era mais pesada, "para não aprontar por aí", decretava a mãe. Em outras versões, o ímpeto materno impunha uma carga exorbitante de camarão sujo como uma medida de segurança, "senão, você vai ficar igual à Meriã".

Na história mais famosa, esquartejaram Maria Meriã, desmembraram-na viva. Rica jurava que a verdade é que a tia sumiu no mar. O irmão estaria mentindo? Com saudades do falatório do companheiro, a garota queria mesmo sumir no mar, enquanto os filamentos imensos do chão pulsavam em suas veias.

Aos poucos, outra mudança engendrava-se naquela casa. Ao anoitecer, o padrasto rondava a garota:

— E esses peitos aí? — murmurava Zeca em sua orelha, a voz grave de fazer tremer as lajotas, sabendo que Nascimento não estava por perto.

O homem, com cheiro de cigarro e pelos brancos, agarrava uma das pernas da menina, subia a mão áspera, estendendo-lhe um membro quente e frouxo. A garota paralisava-se, encurralada num bote venenoso, o nojo a tapar a voz na garganta e o medo a estancar o sangue nas faces.

Aquilo ocorreu muitas vezes. Cada vez mais enferrujada e quieta, a jovem não contou nada para ninguém, e tudo escapou pelo sonho. Cascas de camarão ensanguentadas. O irmão morto por asfixia.

Para fugir da hora do padrasto, decidiu começar a acompanhar os irmãos no surfe. No final do dia, todos surfavam onde o nível do mar subiu, jogavam-se de muros das casas inundadas direto na arrebentação. A garota não tinha prancha e não entrava n'água, mas, quando escurecia, voltavam os seis juntos para casa.

Não adiantou. Os pesadelos pioraram. Acordava suando e começou a se esgueirar para o terreno baldio de madrugada. Ali podia deitar-se na terra e contar estrelas. Craquelava e unia-se às coisas do subsolo. Imensa sentia-se, lembrava do riso do irmão que se fora.

Até a noite em que teve companhia.

O padrasto a seguiu, encontrando-a no descampado:

— Para onde você vai essa hora, garota?

A voz pesada ressoou pela terra. Sem conseguir articular palavras, a menina paralisou-se entre os muros do terreno. Zeca logo adivinhou o que se passava:

— Está brincando é de cutucar minhoca?

Não se fez de rogado e foi para cima dela. O homem dava dois da menina. O medo bateu nas estrelas. A garota tremia de olhos fechados. Primeiro, o cheiro de cigarro perto demais; depois, o toque áspero da mão pinçando o antebraço. O short de elástico frouxo da menina veio abaixo enquanto um membro esgueirava-se pela cintura. A pequena debateu-se, pediu ajuda ao mundo, como se aquela rede imensa pudesse fazer de seu corpo de carne um corpo elétrico.

O homem encorpou-se e a garota recebeu a descarga.

A lua pisca por um momento.

Zeca desmoronou.

A miúda deu um grito agudo e saiu correndo para casa. Luzes acenderam-se na varanda e Nascimento desperta saiu com a recém-nascida encarapitada no colo. Num fio de voz, a adolescente apontou longe:

— E-ele mexeu comigo, mãe!

Sem responder, Nascimento entregou a bebê à irmã e foi acudir o homem desmaiado no terreno sombrio. A bebê berrava, enquanto o homem recebia safanões. Aos poucos, Zeca parecia voltar a si. Regressou a casa, escorado pela namorada. Com medo do casal cambaleante que regressava, a garota ainda procurou argumentar algo:

— Olha ali! — apontava a braguilha aberta da calça do homem.

Ao escutar aquilo, a mãe revidou feroz:

— O quê? Como você se atreve, sua vadia?

Ia virar um tapa, mas a filha escapou chorando com a bebê pela casa escura.

Com o raiar do dia, o homem pegou suas coisas e foi embora. Nascimento nunca mais dirigiu palavra à filha. As surras sumiram. A cantoria também.

Até o dia em que o irmão amado volta em visita-surpresa. A festa não foi completa, pois Ricardo estava calvo, com os braços encascados de quitina. O resto da família guardou uma distância daquilo tudo. Ao ver a irmã favorita, murmurou um segredo:

— Nosso pai tá aqui. Numa casa do bairro. Quer ir lá agora?

A jovem sentiu um vento nos cabelos e ficaria paralisada se Ricardo não a arrastasse. Andaram meia hora de bicicleta sem dizer nada, ela na garupa dura. O irmão pegou ruas estreitas, em que as casas eram cada vez maiores e os jardins com muita grama e pouca lama.

Apearam.

Uma casa vistosa sem muro, um carrinho infantil jogado no meio do gramado, uma música alta demais. Ali havia pequenos tapetes com a rede implantada para dar suporte aos turistas. Na grama artificial lustrosa, um bando de crianças disputava algum jogo invisível, vestindo mantas, capacetes, óculos e protetores de braços para jogos virtuais.

No centro de tudo, um homem terminava de tomar sua latinha de cerveja. Arrota, amassa a lata e a atira numa das moitas. Há seis drones zumbindo no seu entorno e, mesmo sem camisa, veste uma manta conectiva simples na parte quitinosa do braço. Ricardo e a irmã, recém-chegados, abaixam a cabeça e empurram a bicicleta. O coração da garota quase para. Nota que as outras crianças eram tão enferrujadas de sardas quanto ela.

"Será que ele...?"

Ricardo toca o antebraço do homem. O cara descobre a visita com surpresa, faz um ruído de festa, na felicidade exagerada dos bêbados de férias. Abraça o garoto com gestos largos:

— E aí, rapaz? Você tá forte, hein? Como vai esse surfe?

Trocam tapinhas. Na sequência, o homem descobre a menina.

— Tudo bem? Você, quem é?

A garota sente-se transparente, o sangue sobe, as pernas tremem, os pés descalços sugam uma carga do chão.

O cara, então, abre um dos braços. A garota não se faz de tonta e o agarra no abraço com toda a força. O mundo para. O suor do pai, o suave da manta eletrônica, o cheiro de cerveja. A menina retira, da grama do chão, um fiapo de energia para não desmaiar. O corpo trinca por inteiro. As nuvens avermelhadas aprofundam-se. A flor invisível dos longos fungos a seus pés abre pétalas por todo o perímetro. O tremor em suas pernas ressoa nas ondas próximas do mar rugindo.

Meu pai.

Com capacetes, as outras crianças não param de jogar seu jogo invisível.

Em determinado momento, o pai afasta a menina de si.

Algo escurece um pouco na vista, a garota cambaleia. O cara sorri com metade dos lábios, vira-se desequilibrado, afasta-se, pega a carteira do bolso traseiro da bermuda e entrega umas notas a Ricardo. Não é a primeira vez que se encontram. Por qual motivo o irmão escondeu isso dela?

O ódio das coisas dos homens.

A cena toda não durou cinco minutos. Ricardo parte, arrastando a irmã e a bicicleta consigo. O pai acena com o braço com a malha elétrica. A voz do homem não chega à bicicleta que partiu. Nos ferros da garupa, a menina busca sentido nas poças de água, nas pedrinhas na lama e começa a tecer uma rede entre aqueles filamentos, algo do imenso, vindo daqueles pulsos hipnóticos sob a terra, amarrando as coisas que não entende.

Fecha os olhos e, na dúvida, se sente muito feliz.

Enquanto as rodas da bicicleta furam o véu do crepúsculo, aquele pai cambaleia. Quando a noite acolher os irmãos no asfalto distante, as crianças bem-vestidas no gramado começarão a gritar, pois haverá um morto frio estirado na relva. Os gritos serão intensos, mas não chegarão a Ricardo e sua irmã. Inclusive, Rica vai resmungando e pedalando, mastiga palavrões sobre coisas corriqueiras, das outras vezes o pai havia lhe dado muito mais dinheiro. Ao chegarem na casa anoitecida, o irmão a ameaça:

— Não é para dar um piu pra mãe, viu, camarãozinho? Senão te mato.

A garota dá de ombros. Nem quer falar nada para a mãe, quer guardar toda a felicidade para si. É como se sempre estivesse certa. Seu pai existe. Passa a mão pelas paredes de cal até a polpa dos dedos ficar suja de branco. Esgueira-se para fora de casa e deita-se no descampado do terreno baldio, com o corpo todo em contato com a terra. Fecha os olhos sob as estrelas. Afinal de contas, sentir a pele craquelando é algo bem gostoso.

Sonha muito. Rodopia como Maria Meriã giraria, cabelos

soltos, livre, imensa. A abóbada do céu como uma carapaça, o corpo com um ímpeto maior dentro de si, a terra pulsa em ondas, a água escorre pelo meio das pernas e se transforma em mar.

Alguém a acorda com safanões no meio da grama. A notícia terrível chegou. Era o irmão predileto. Com o rosto em pânico, Ricardo murmura para a irmã:

— Foge, sai daqui!

A irmã move-se lenta, molhada de orvalho e outras coisas úmidas, lendo na urgência dos olhos de Rica a memória cruel sobre o que fizeram com a tia.

As luzes da casa acenderam-se. Então a garota ouve a voz grave de Zeca, tão pavorosa quanto nítida:

— Foi aquela tua filha, Nascimento, claro que foi. Está tudo nas câmeras. Uma assassina igual a Mariã. Cadê a vagabunda?

Em ondas, a compreensão chega à garota, a selvageria de que uma comunidade é capaz. Admira as mãos, agora já inteiramente trincadas com as cores da aurora. No olhar mais profundo da vida, o irmão pronuncia suas últimas palavras à irmã:

— Vai, eu dou um jeito, vai. Corre agora!

A recém-desperta mal consegue se levantar, até focar nos pulsos que retira da terra. Cai, ergue-se e começa a correr pelas ruas desertas.

Zeca aportou naquela casa para fazer justiça, armado com o delegado, vizinhos e muitos outros homens. Logo, o bando sai para caçar a menina no escuro. Muito à frente na corrida, o coração da garota pulsa no peito, sem reconhecer a malignidade daquelas pessoas com quem passou a vida toda. Pressente um rasgo na coxa, os golpes, e corre, manca, corre.

A casa de Nascimento é invadida por vizinhas, margeando aqueles homens. As recém-chegadas comentam aos gritos:

— O coração — procura explicar a vizinha da rua de trás —,

o homem morreu foi do coração, um ataque cardíaco daqueles, fulminante. Meu Deus, basta a gente estar vivo.

A dona da casa não responde. Em tudo, a situação parecia a da tia Maria, as mortes pelo coração, mas agora num conto de fadas adulto. Amassa a fralda com as mãos inchadas, o coque desfeito no elástico frouxo. Uma vizinha sussurrou, procurando amenizar algo:

— E o pai daquelas tuas crianças não vai te deixar um dinheiro, Nascimento? Ele sempre te deixou um agradinho...

Nascimento não retruca, perdera a voz, restava uma ameaça irracional no olhar.

O clamor imenso de Zeca projetava-se nos morros e nas ruas, enquanto a madrugada guardava nesgas de escuridão para dar guarida à fugitiva. Aquele rio ruidoso de homens percorria as vielas vasculhando qualquer coisa que se movesse.

A garota, então, soube.

Correndo naquelas ruas desertas, de alguma maneira, a rede imensa de filamentos que tecera durante o caminho da casa do pai, tecida em sonhos, tecida nas vigílias descascando camarão, tecida ao estralar em contato com a terra, tudo aquilo tremeu num imenso alerta. Um racha.

Agora.

A voz dos homens alcança-a por trás. Fugindo e tremendo, a jovem imprime passadas pelas poças desembestada, lastima os pés descalços em pedras. Só faltavam mais algumas ruas. O mar bravio parece retumbar adentro, forte. Mais alguns metros. Os gritos de reconhecimento da presa chegam aos seus ouvidos, "é ela!", "acabar com a vagabunda".

A garota atinge a faixa de escombros em contato com o mar.

Então, para. Observa os próprios braços maravilhada. Até sentir que os próprios olhos também se alterariam. Nunca vibrou assim. É isso que aconteceu com Meriã? A rede micelial pulsa de volta. Pisa na água, ondinhas lambem seus pés. Não havia mais ninguém, somente o nascer do sol nas águas do mar.

Rica permaneceu na casa, não querendo tomar parte na caçada horrenda, de início fingindo procurar a irmã no banheiro; depois, só de olho naquelas mulheres. A matriarca rouca declara:

— Vou atrás daquela desgraçada.

Então, embaixo da lâmpada nua no fio, Rica tirou o maço de cigarros do bolso e recomenda grave:

— Deixa disso, mãe.

Lá fora, a madrugada soprava nuvens contra a parede de morros segurando o sol nascente. O rosto de Rica era imperceptível, a luz ilumina somente a calva aprumada, acendendo a luzinha da brasa com a sentença:

— Deixa disso. A gente já sabia, mãe. Não foi a primeira, nem vai ser a última vez.

Aquela frase destrava chaves de coisas submersas. Nascimento começa a chorar ruidosamente. Rica abraça a mãe, as outras a abraçam juntas. A bebezinha berra. Alguém serve o café, também passam sequilhos, esses de prender o choro na língua. Pelas janelas da sala, as primeiras lascas de laranja no céu. Uma vizinha comenta distraída:

— Vai fazer um dia bonito amanhã.

Os primeiros caçadores agora chegam perto o suficiente para verem a cena. Os mais arrebatados viram tudo e terminaram atirando-se na água escura entre as ruínas.

Diante do oceano, aquela que fora antes uma garota abre o espírito ao mar. Permite que do corpo aflorem seus desejos mais íntimos ao vento. O espinhaço dobra-se, as pernas derretem-se, a respiração é mais forte que as ondas quebrando livres no ar. Trinca-se toda. Transmuta-se. Em cascas novas e brilhantes, em superfícies sólidas quitinosas, emerge a indizível carapaça, o coração da aurora, desdobrada daquela pele antes tão frágil, e coisas sem nome vêm à tona.

Ao amanhecer, a silhueta canta.

Depois, de uma vez só, cai n'água. Levando os homens afogados consigo, fura a arrebentação com força, para nunca mais voltar.

Cão dos infernos

LAÍS ROMERO

Quando fiz dez anos o demônio me visitou na noite de Natal. Eu e o Francisco, meu irmão, íamos com mamãe para a casa dos meus avós e lá faziam jantar, troca de presentes e rezas em torno da mesa. Ganhei uma boneca da Xuxa e meu irmão ganhou uma bola de couro que ficou chutando até não poder mais. Nesse tempo a gente era assombrado por filme de boneco assassino e história de pacto com o coisa-ruim. Ninguém deixava as crianças verem televisão depois de determinado horário pra não terem pesadelo, mas mesmo assim a brincadeira foi até tarde pelo clima de feriado, e também até a gente perder a coragem de ir buscar a bola no escuro do quintal. Fui dormir num colchão, o Francisco numa rede por cima de mim no quartinho de costura da vovó, porque a casa ficou cheia e na sala os adultos ainda bebiam e conversavam. Nunca dei trabalho pra dormir, na hora que mamãe mandava eu ia e dormia logo, beijinho na testa e bênção tomada, era direto para a cama.

No dia do Natal, apagamos de cansaço.

Quando ficou escuro de meter o dedo no olho e silêncio

piando fundo no ouvido, fui despertada pelo barulho do trinco da porta fechando, depois de algo ou alguém ter entrado no quarto. Parada e sem a certeza de que estava mesmo desperta, fui percorrendo com a vista o pouco que conseguia enxergar, a cadeira junto à máquina de costura, o armário com os tecidos, uma ou duas malas que talvez fossem caixas, a toalha pendurada no armador, até diferenciar no meio do que era familiar um bicho cheio de patas dentro das sombras, da altura da porta ou maior, se arrastando. Olhos apertados, aquilo tinha que sumir. Respirei fundo e olhei outra vez, eram dois pares de olhos avermelhados brilhando no escuro, chegando perto, respirando cada vez mais alto. Meus pés gelados pelo medo escorregaram para o lugar que afundou quando uma pata pisou na cama, virei o rosto e as lágrimas escorriam aos montes para o travesseiro. Aquilo fazia um barulho de cão respirando forte, sabe cachorro cansado? Paralisei, tentava gritar e a voz não saía, mal respirava enquanto meu peito explodia de desespero. A coisa se apoiou no meio das minhas costas, me afundando mais ainda na cama. Por estar virada era impossível ver se tinha garras ou cascos, enquanto me pisoteavam pude sentir o fedor que mais tarde deduzi ser de enxofre. As forças sumiam, talvez minha alma estivesse sendo levada ou corrompida, pagando pecados. Aquilo era tão grande que fiquei sem conseguir me mexer de jeito nenhum, e com tanto medo que não lutei, só fiquei na minha cabeça rezando santo anjo do senhor meu zeloso guardador se a ti me confiou a piedade divina sempre me rege me guarda me governa me ilumina amém. Deu pra repetir a reza umas cinco vezes ainda, antes dele soltar um rosnado e sair de uma vez, como se desse um pulo. Continuei parada, de olhos fechados, apertando os dedos contra a palma da mão. Francisco chorava baixinho, tremendo de medo, o mesmo medo que me impedia de acudir meu irmão estava no ar, saindo daquele vulto enorme ainda em pé na porta, um monstro, uma sombra. Só consegui dormir quase de manhã, exausta, os olhos ardendo de encarar a porta vazia e meio aberta, vigiando entre choro e agonia.

No outro dia dei dor de barriga, tive uma diarreia escura, fiquei febril e chorei muito. Mamãe disse que eu tinha dormido com a barriga cheia demais, por isso deu pesadelo, visagem, e que devia parar de ser impressionada com essas besteiras, senão ia ficar doida. A dor de barriga ficou por conta das moscas que cearam com a gente naquela noite. Mesmo confiando na palavra de mamãe sei que a visita foi de verdade, tenho certeza, mas precisava esquecer ou pelo menos mudar a história que me perturbava o juízo.

Fiquei com o bicho na cabeça, toda noite chorava em casa pra não ir pro quarto dormir. Passava o máximo de tempo que conseguia acordada, esperando aparecer o demônio, mas acabava dormindo. O plano era enrolar meu terço na criatura, pra machucar ou prender nas contas sagradas, mais por não saber como fazer algo assim que por informação de qualquer qualidade, e minha única munição era uma fé de pouca certeza e muita raiva. Imagine uma menina de dez anos sem descansar, sem comer direito, quebrantada. A consequência é que mamãe me levou ao médico, fez exame de tudo e só apareceu lombriga, como sempre, e uma anemia discreta. Tomei um remédio que deixava um gosto de metal na boca e passei dias aterrorizada com a história de um primo distante, que foi acordado com um verme imenso saindo pelo nariz em busca de alimentos na madrugada. Mamãe levou a gente pra casa dos nossos avós, ver se eu melhorava.

Antes de dormir eu conferia embaixo da cama, dentro do armário, colocava brinquedos no caminho da porta, como se aquilo fosse me acordar para a presença de qualquer ser maligno. Na primeira noite, demorei a dormir, e quando adormecia ficava acordando entre pesadelos. Numa dessas consegui ver dois olhos vermelhos numa sombra gigante que se encaixava na fresta da porta. Me protegi com o lençol e comecei a rezar em voz alta, me apeguei ao que podia expulsar aquela visita macabra. Quando voltei a olhar ele não estava mais ali. Durante o dia, tentei brincar com Francisco, que me respondia poucas palavras e preferiu ver desenho animado. Acabei sozinha, riscando num caderno velho, fazendo roupinhas para minhas bonecas e tentando não pensar muito.

Na segunda noite, demorei mais a dormir, fiquei passando os dedos no nariz com medo de encontrar algum verme faminto, ao mesmo tempo que apertava os olhos tentando enxergar as formas no escuro, confundindo a mochila que descansava na cadeira com um animal prestes a me atacar. Quando enfim baixei a guarda e adormeci, a madrugada trouxe a criatura de novo, do mesmo jeito, aquele cão imundo, demônio desgraçado, entrou no quarto não sei como e me despertou com o peso das patas ao meu redor. O pavor me deixava tonta, tudo ficou abafado e mais uma vez permaneci imóvel. Ele parecia pisar nas minhas costas, empurrando, tirando minha vida. Foi muito parecido com a primeira vez, algo áspero roçou em mim, empurrou minha cabeça no travesseiro, puxou meus cabelos com muita força, enquanto eu rezava pedindo pra desmaiar ou acordar, não sei o que seria pior. Senti o que parecia uma porção de lençol entrando na minha boca, até me fazer engasgar e ele me soltar de repente, depois de um rosnado. O resto da noite foi choro, olhos fechados e promessas aos santos pela minha segurança, ou que pelo menos me levassem logo.

Passei o outro dia doente, com nojo, chorando e pedindo para ir embora. O meu corpo foi tocado por uma criatura do mundo inferior, entende? Aquilo me deixava suja de pecado, marcada pelo diabo, como se eu não merecesse passar nessa vida sem uma punição. Mamãe, no desespero de ver o sofrimento da filha, me levou pra rezadeira apanhar de arruda e ser defumada para purificação. Receitaram pra gente uma encomenda de velas e que fosse erguido um altar na sala de casa, com são bento bem no meio, ao lado de nossa senhora e um quadro com a imagem de jesus, dessas que se movem e abrem os olhos quando andamos de um lado para outro. Mas eu conseguia ver o demônio no rosto das pessoas, olhava duas ou três vezes pra alguém que em algum momento de relance abria um olho na testa ou vomitava vermes. Fiquei longe de parentes e amigos, parei de responder qualquer cumprimento ou conversa. Meu irmão se afastou mais e mais de mim, tinha medo de ser amaldiçoado e acabar recebendo a visita do coisa-ruim também.

Me chamavam de matuta, arredia, cabreira, sem costume, bicho do mato e não me importava o preço pago para me manter segura, ou pelo menos era o que achava. Eu começava a ficar moça e me mantinha desconfiada, conduzindo o que era esperado na vida de uma menina que saía da infância: escrevia sobre meninos em diários, brincava de boneca, pulava elástico com as vizinhas e cumpria as obrigações da escola. Mas o demônio estava sempre ao redor, me assombrando durante o dia, nos olhos das pessoas que sorriam e me encaravam, na minha colega de escola que caiu no chão se contorcendo, falando coisas incompreensíveis e que disseram ser epilepsia, mas eu sabia que não tinha para onde fugir. Passei a pressentir a chegada dele, meus pés ficavam gelados, as mãos suadas e o coração explodindo nos ouvidos. Era uma mudança de expressão no rosto e eu sabia que ali o excomungado havia sentado. Correntinha benta, oração escrita num santinho dentro do estojo, eu repetia e repetia que a cruz sagrada seja a minha luz, não seja o dragão o meu guia. Retira-te, satanás! Nunca me aconselhes coisas vãs. É mau o que tu me ofereces. Bebe tu mesmo os teus venenos! Amém. Cara amarrada, duas blusas, calça folgada e cabelos cobrindo o rosto, foi ao que me apeguei, foi o que me salvou em muitos momentos de pavor. Se ninguém me notasse, talvez ele fosse embora.

Quando abandonei os santos, mamãe me chamou de louca.

Encontrei o rei jesus a convite de uma amiga da família. Uma primeira visita ao culto e já podia sentir a acolhida da casa do senhor. Foi aí que ouviram minha história sem perguntas ou julgamentos, e no aconselhamento com o pastor pude enfim contar sobre as perseguições do ardiloso, as visitas perturbadoras e pesadelos, de como minha vida seguia acabada. Renasci no batismo, me entregando ao reino de cristo senhor. Eu chorava e tremia os braços em exaltação depois de ouvir o espírito santo me dizendo que "por essa palavra, vai; o demônio já saiu de tua filha". Nos dias de jejum da purificação só me permitiram beber água, apenas orávamos nos grupos de trabalho que viravam noites em vigília ao meu redor. Falando no idioma secreto de deus, irmãos caíam ao meu lado e por vezes quebravam uma cadeira na fúria divina que descia em rajadas. Atravessei o deserto. Não sei depois de quanto tempo desmaiei e fui hospitalizada, voltei à vida renovada, "pois se eu expulso os demônios pelo dedo de deus, certamente a vós é chegado o reino de deus".

Estava livre daquela maldição, passei a dormir sem medo.

Minha vocação era ser professora, cuidar das crianças foi uma missão que o pastor, depois de orar e interceder pelos meus caminhos, me ajudou a encontrar. Passei a seguir as virtudes de uma mulher, aprendi a cozinhar e a costurar, comecei a me arrumar como uma filha do senhor, exaltando a beleza feminina antes perdida no medo. Conheci o F. na faculdade, ele estava um período à frente do meu no curso de pedagogia, e num encontro dos estudantes com cristo acabei dividindo uma tarefa com ele. Depois da pregação a gente fazia um sopão para pessoas em vulnerabilidade, e nessas horas de obra eu podia sentir as lembranças da besta sendo expurgadas da minha alma. Aquela tentação que me maculou, aquela imundície que vivi durante a infância ficava enfim para trás. F. me segurava e dizia que deus tinha destinado as mãos puras de uma mulher obreira como eu para ele, o senhor não errava e nossos caminhos seguiam unidos num propósito. Foram muitas noites indo me deixar em casa, me acompanhando até o ponto de ônibus, me ajudando com as matérias que ele já havia cursado, conversando com minha mãe, explicando que o espírito santo havia falado com ele através de um sonho, que eu era prometida pra ele em palavras de fé. Foram muitos presentes, muitas flores e lanches, dos mais modestos até um jantar mais caro que eu sei que foi um esforço para um estudante pagar. Oramos muito pedindo perdão quando nos entregamos à carne, mas foi difícil resistir à insistência dele. Recebi seu corpo com alegria, mas também com muito medo, dor e desconforto, que logo se encerraram num suspiro e num pedido de desculpas vindo de um homem envergonhado. Entendo que ele queria ter demorado mais, e entendi melhor ainda quando, quinze dias depois, nos casamos para enfim desfrutar do nosso amor. Foi tudo simples, rápido, e repetitivo quando eu disse para mamãe que não estava grávida, que não estava escondendo nada, que iria sim dar conta de uma vida tão cedo e reiterando a promessa de que terminaria meu curso.

Na quarta-feira da semana passada a gente comemorava bodas de plumas, eu anotava essas coisas no calendário que ficava ao lado da geladeira, lembrete dedicado. Depois de cumprir horário no estágio numa escola da zona rural, chegava em casa já na entrada da noite, cansada de uma lida desumana dentro de uma sala com vinte e sete crianças. F. não havia chegado, disse que veria o futebol com os amigos da turma na casa de um deles, nada mais comum, e eu me sentia uma esposa de verdade numa situação assim, revelando certa vaidade boba. Varri a sala, limpei a cozinha, deixei um jantar pronto em cima do fogão e não pude esperar muito, o cansaço me derrubou rápido. Dormi pouco depois do banho, numa cama cheirosa e limpa, depois de cortar algumas peças de tecido para fazer novos lençóis.

A janela aberta deixou o quarto mais frio e um pouco iluminado. A porta gemeu a abertura, uma corrente de ar movimentou a cortina criando uma atmosfera de sonho. Naquele estado nem acordada nem dormindo consegui distinguir movimentos, um peso na cama me assustou, algo caminhava no colchão ao meu redor. Como num pesadelo, eu pensava em me mover, em falar, mas não conseguia. A respiração de cão contraiu meus músculos em desespero, uma baba pegajosa e quente adentrou meu ouvido: reconheci aquele peso em cima de mim. Eu não queria. Apertei os dedos, apertei os olhos e afundava na pressão que fazia meus pulmões expulsarem o pouco ar recrutado para qualquer som. Duas enormes garras peludas seguravam meus braços torcidos em minhas costas. Não orei. Não pedi a deus. Esperei chorando, sentindo a vontade de viver saindo de mim e empoçando com minhas lágrimas naquele travesseiro amaldiçoado. Não quis realmente morrer como quando era menina, na verdade eu quis força. Esperei encarando os tecidos de estampa florida dobrados, meus cabelos cobrindo parte da visão, a pouca luz deixando tudo menor, sufocante. Quando o belzebu rosnou sua satisfação, soltou meus braços e num movimento rápido peguei a tesoura que estava na mesa de cabeceira ao meu lado. Com as duas mãos abri as lâminas e empurrei com força no rosto dele. F. caiu no chão ainda tomado pelo demônio, nu, sujo. De um pulo sentei em seu peito e atravessei seu pescoço, o sangue fluía como uma nascente escura, abundante, purificando nosso quarto, levando embora a maldição alojada no corpo dele. Não contei nenhum dos dezenove golpes que a perícia registrou depois, foram todos no pescoço. A essa altura os vizinhos já haviam desistido da campainha, batido na porta, chamado a polícia, pulado o muro, estavam por toda parte tentando ajudar aquela mulher desesperada.

Um olho meu ficou grudado, os cabelos endurecidos em nós de cheiro metálico numa pintura de que só me livrei depois de três banhos. Quando vem esse cheiro de sangue fico pensando na infância, sinto falta do colo de mamãe, num tempo antes dos problemas. Fui presa em flagrante, estou aguardando o julgamento mundano, pois sei que se há um deus ele tem a perversão de manter o demônio nos homens, e dele não espero mais nada.

Pintinho verde

JARID ARRAES

Tenho seis passarinhos dentro da caixa e todos estão mortos. São coloridos, as penas quase neon, comprados junto com uma gaiola enorme e prateada que joguei no lixo depois que matei um por um. Eles me fazem lembrar de quando eu tinha nove anos, do dia em que meu pai me deu de presente um daqueles pintinhos tingidos que eram vendidos na rua São Pedro. Eu queria tanto um pintinho cor-de-rosa, mas só sobravam os verdes. Em casa, não demorei a perceber que aquele bichinho não me daria nada do que eu sonhava. Não seria um companheiro que me seguiria pelo quintal, não ficaria no meu colo enquanto eu fazia as tarefas da escola sentada no chão cascarento, não preencheria a ausência de uma irmã que eu já tinha desistido de pedir, não faria nada de engraçadinho pra que mainha pegasse algum carinho e deixasse entrar em casa, na verdade só me traria a obrigação de limpar muita merda, lavar o quintal quase todos os dias e nunca esquecer sua comida. Passo as pontas dos dedos nos meus passarinhos, seus olhos congelados como vidro, alguns bicos meio abertos, e sinto meus pelos arrepiados.

Isabela está presa na cama, as algemas de ferro que encomendei pela internet são pesadas, as correntes batem na cabeceira de madeira mesmo que ela não se mova muito e ela ri, puxando os braços e mexendo as pernas que estão separadas por uma barra preta. Ainda não está vendada e espera como uma cachorrinha, encompridando o olhar sedento pelo pano de cetim que está descansado no meu ombro. Isabela não consegue ver o que tenho dentro da caixa, deve imaginar uma coleção de chicotes, palmatórias, velas e mordaças de couro. Deve se imaginar com uma bola tapando sua boca, a bunda queimando cada vez mais marcada, a pele chorosa acumulando a cera líquida, deve quase escutar o som do chicote dançando no ar, estralando no seu corpo entregue.

Mainha me chamou de aberração pela primeira vez quando eu tinha nove anos. Eu estava distraída, fingindo que as tripas brilhantes do pintinho eram anéis. Antes de torar o bichinho no meio, segurei a cabeça com uma mão, o corpo com a outra, e torci como um pano molhado. Arranquei o bico, puxei um dos olhos que pareciam bilas em miniatura, enfiei meus dedos nos fatos, a delícia da textura úmida, as carnes moles e o cheiro de morte fresca. Mainha chegou perto de mim em silêncio e se afastou gritando, chamando por meu pai.

Ela chorava e botava as mãos na cabeça, sem saber o que fazer, a não ser mandar que o cinturão carimbasse a fivela nas minhas pernas, que foram de marrom e dourado para vermelho e roxo. Chorei porque doía, mas não me arrependi por ter espragatado o pintinho verde. Ele era meu pra que eu brincasse do jeito que eu quisesse.

Gosto do quanto Isabela ama meus olhos e de como gasta muito tempo encarando meu rosto enquanto pensa. Demorou muito até que a gente decidisse fazer isso, fazer do jeito que, em segredo, as duas queriam. Ela por vergonha de me contar que gosta de apanhar, eu porque existem poucas coisas que me excitam de verdade. “Me sinto como você”, eu disse quando Isabela me explicou que tinha prazer com o que era mais violento. A palavra “violência” tão elástica em sua língua.

Os peitos de Isabela são minha segunda coisa favorita em seu corpo. A primeira é a voz, que sai encabulada, baixinha, o jeito como ela pronuncia a letra “s” parece um assovio. Parece que o ar está escapando de seu corpo e a qualquer instante ela pode desmaiar. Eu amaria se Isabela estivesse desmaiada agora. Eu tiraria meus passarinhos da caixa e os organizaria enfileiradinhos por todo o seu corpo. Faria fotos, guardaria comigo pra sempre. Mas Isabela está desperta, curiosa. Não sabe que dentro da minha caixa também tenho uma faca.

A segunda vez que fui chamada de aberração por mainha eu tinha treze anos e estava sentada na sala da diretoria com a farda toda empapada de sangue. Há meses queria pegar um dos passarinhos que pousavam no chão do pátio, perto do pé de cajá, e demorava a voltar pra casa, sempre ficando meia hora depois do fim da aula, porque tinha esperança de que daria certo.

Até que um dia vi um passarinho encostado no pé de pau, muito quieto, e quando me aproximei ele não voou, não fugiu, continuou paradinho, quase sem se mexer, com sua asinha que imaginei quebrada, e no impulso de sentir o bichinho em minhas mãos, o agarrei e corri pro banheiro.

Estava trancada numa das cabines, rindo sozinha enquanto olhava o passarinho tão de perto, quando ouvi as batidas na porta e a voz entojada querendo saber “que diabo é isso?”. Quase enfiei o passarinho dentro do vaso pra dar descarga, mas me veio uma raiva tão grande por ter meu momento interrompido, me deu uma vontade tão braba de estourar a cara daquela intrometida da peste, que agarrei o passarinho com as unhas, fincando bem fundo e com toda a minha força, e abri a porta já empurrando a menina contra a parede. Com a mão livre, puxei o cabelo cheio de creme pra trás e quando ela começou a chorar, quando abriu o bocão, enfiei o passarinho dentro e apertei o corpinho contra a garganta tentando sufocar a zuada. Queria que ela engasgasse, mas logo a visão do sangue pintando seus dentes e escorrendo por seu pescoço se tornou muito mais interessante. Eu queria saber como era aquela sensação, a poça crescendo na minha língua, minha boca um açude, o gosto da morte acontecendo.

Não foram nem cinco minutos, ligeiro eu já estava na sala do diretor, separada da menina, e fui expulsa da escola.

Agora com Isabela tudo é mais simples. Ela está ansiosa por surpresas e eu percebo como contrai o corpo quando coloco a venda sobre seus olhos, dando um nó forte que faz o tecido abraçar seu cabelo. Mando que fique quieta e espere, e ela sorri, gosta de obedecer, eu sei.

Pego meus seis passarinhos, um de cada vez, e, com a faca, arranco suas cabecinhas. Como se derramasse de um frasco de perfume, deixo que o sangue se espalhe pelo corpo seminu de Isabela. Percebo sua confusão, noto que está inquieta, começa um "o que cê" que interrompo com um tapa em seu rosto, e ela gosta, se acalma por alguns instantes, mas não demora a reconhecer o cheiro. Enquanto ela se debate e as correntes se agoniam, continuo murchando os passarinhos, espremendo o sangue, até que todos se tornem trapinhos que guardo de volta na minha caixa.

Monto em Isabela. Ela está chorando. Sinto minhas coxas molhadas e passo minhas mãos por seu corpo, espalho o sangue dentro de sua calcinha. É minha vez de sentir o gosto. Lambo e engulo e algo novo faz brasa dentro de mim, um desejo que me move e me faz pulsar com força, um estalo que leva minha língua até o seu pescoço ensanguentado, que faz meu corpo tremer de prazer quando entendo que posso, que ninguém vai me impedir. Isabela também é minha pra que eu brinque como quero.

Então eu mordo o pescoço de Isabela, cravo fundo meus dentes já vermelhos. Arranco um pedaço, depois outro. E lágrimas escapam dos meus olhos enquanto Isabela me dá de beber.

Os pássaros

NATALIA BORGES POLESSO

O sol nasceu às cinco horas e quinze minutos. Ela soube, porque entrou uma nesga de luz no banheiro e bateu em seu olho direito enquanto mijava. A ideia foi boa, não queria culpar ninguém. Quem é que não gosta de escapar da cidade? Quem é que não quer tirar uns dias e ir para uma casinha no campo? Um chalé de beira de represa? Quem é que não daria qualquer coisa para sair do cubículo cinzento e insalubre que aluga em São Paulo, e ir passear no interior? Eu. Eu. Não. Gosto. Não quero. Pensou. Ainda que não tenha dito nada. Preferia a parede mofada atrás de seu guarda-roupa, a umidade, preferia os exorbitantemente caros trinta e oito metros quadrados que alugava numa rua fedida e movimentada. Eu prefiro, mas, minha nossa senhora, vai falar isso em voz alta, pensou, não dá. Aceitou o convite com a figurinha de coração vermelho pulsante. Até sorriu, mas ao pôr o telefone de lado seguiu amargando com a cabeça a mil. As pessoas piram na natureza, na *cachú*, a bananeira, a jabuticabeira, caramba! Eu não tenho nenhum — nenhum — apreço por essas coisas em seu estado natural. Pode ser que seja, sei lá, porque já tive que fugir de enxame instalado na linda jabuticabeira em flor ou porque dei de cara com uma jararaca no pé da bananeira ou porque sentei num formigueiro ou ainda por causa do episódio das sanguessugas na cachoeira. Eu prefiro gente de cidade, prefiro a poluição anunciada ao silencioso pulverizar de venenos na plantação ao lado, prefiro quando jogam glifosato no meio-fio da avenida do que na capina do lado da minha horta. Suspirou. Não podia falar todas aquelas coisas em voz alta, porque, nossa senhora, por fim pensou, sou a nuvem carregada. Já tinham mesmo dito isso, não por mal. Não por tanto mal. Então, ela preferia ficar calada e observar. Não muito de perto. Mas naquele fim de semana fora obrigada. *Ai, Cláudia, você está depressiva. Ai, Cláudia, seria bom pegar um solzinho. Cláudia, você precisa reagir. Ai, Cláudia, vai te fazer bem conversar um pouco, respirar ar puro.* Não, não vai. Inferno!

Casa ampla, arejada, cozinha conceito aberto, vista para a represa, caiaque, jet ski, piscina, churrasqueira, rede, mesa de pingue-pongue, sinuca. O anúncio era uma lista.

Pois enfia tudo no cu, chegou a dizer em voz alta, enquanto arrumava sua mochila. Respira, Cláudia. Pensa que ao menos estará com as amigas que te aturam. Será que não está mesmo depressiva, Cláudia? Será que o ano em que viveu isolada no meio do mato pra cuidar do pai doente não te deixou depressiva, Cláudia? Será, Cláudia, que a morte do teu pai não te abalou? Cláudia, essas olheiras são de culpa ou de cansaço?

— Cala a boca!

Eu sou apenas uma narradora onisciente. Intrusa, mas inofensiva, Cláudia, não quero te fazer mal, mulher. Estou contigo! Vamos juntas. Vamos juntas para esse fim de semana. Cláudia respirou e decidiu mesmo ir. Sensata. Não tinha respostas fáceis para as perguntas que formulava, nem interesse em respondê-las de maneira apressada.

Não dormiu nada na véspera da viagem. O combinado era que Suzana e Luz fossem direto e Rosa pegasse Ana Flávia e Cláudia no caminho. Se encontrariam lá. Chegaram quase juntas, no final da tarde.

— É self check-in, achei chique!

— Só quer dizer que não vão nos receber — Cláudia falou baixo.

Quanto tempo. O que precisa pra gente se encontrar mais? Nunca fazemos essas coisas. Não dá pra ser assim. Precisamos arranjar tempo pra gente. Risos e conversas atravessadas. Foram entrando com as compras e as malas e mochilas. Mas a animação foi ficando pelo caminho, durou até todo mundo tomar banho e baixar a bolinha. As dores da viagem começaram a aparecer. Ainda que Rosane tenha dito *Ah, gurias! Vamos queimar a largada! Churrasco! Freezer no talo pra dar uma gelada nos vinhos. Alguém trouxe caixinha de som? Eu. Eu. Eu. Preparadas. E maconha? Só CBD. Ninguém trouxe maconha? Puta merda. Eu tenho Zolpidem.* Cláudia estava meio muda, porque, enfim, estava mesmo depressiva. Depressiva e com um torcicolo horrendo. No entanto, partilhava uma ponta de alegria, soterrada por uma avalanche de sentimentos confusos e vozes que agora narravam sua vida como se não quisessem ou não pudessem participar de decisões.

Tomaram banho e se jogaram no sofá.

No máximo, beberam um chá de camomila. Não sobrou nem meio fiapo de energia. Se dividiram nos quartos e fim da história. Suzana e Luz na suíte, Ana Flávia e Cláudia no quarto do mezanino e Rosa na sala. Ela mesma escolheu.

— Prefiro ficar sozinha, ando roncando demais, e não trouxe o CPAP.

— O que é isso? — Luz perguntou.

— É aquela máscara que te ajuda a respirar melhor à noite, que evita apneia, sabe?

— Meu deus, Rosa, que coisa de velha.

— Minha filha, eu tô com cinquenta e tantos, o palato mole já precisa de outro adjetivo.

Cláudia gostaria de ter ficado na sala, mas quando se deitou ao lado de Ana Flávia, sentiu certo alívio.

— Tu tá bem, Claudinha?

— Tô sim, tô indo, tô bem. E tu?

— Na mesma, curtindo a vida de desquitada, hahaha, sozinha, a Melissa ficou mesmo com as cachorras e eu achei até bom, sabe.

— Aham.

— Mas te perguntei por causa do teu pai, da mudança, enfim, tudo, a gente ainda não conhece teu apê novo.

Não tem espaço. Não tem luz. Quase não tem móveis. E definitivamente não tem clima de convidar ninguém.

— Ah, logo eu ajeito tudo e chamo vocês.

Cláudia não sabia mais se era ela mesma quem dizia aquelas coisas todas ou se alguma coisa teria se apossado de seu cérebro. Riu. Se ajeitou no travesseiro e ficou olhando as madeiras e telhas do teto. Pé-direito altíssimo, boas vigas. A casa era velha, mas bonita. A casa do pai estava bastante arruinada. Mas não queremos pensar nisso agora, não é?, vamos ficar no presente. A roupa de cama ali era feita de oitocentos fios limpíssimos e cheirosos que a abraçaram como o silêncio atordoante a abraçou a noite toda. Nenhum carro, nenhum grito de transeunte, nenhum bêbado, só o vento, de vez em quando, um ruído branco. Nada. Não pregou o olho, passou a noite ansiosa de que o dia viesse e passaria o dia ansiosa pelo fim da estadia. Naquela hora pensou que teria sido melhor se embriagar, mas tudo bem, isso aconteceria em algum momento. Com certeza Luz abriria uma cerveja pela manhã, com a desculpa de que estava de folga, e todas se sentiriam mais livres para começar os trabalhos. Cerveja de dia. Vinho de noite. Segundo Ana Flávia, esse era o segredo para não ter ressaca. Levantou para mijar e amanheceu em seu olho.

Baque seco.

Se limpou e foi até a sala. Abriu a grande porta de vidro e ali estava o passarinho estatelado no chão. Zonzo.

— O que foi isso? — Rosa se ergueu para ficar sentada no colchão, desgrenhada, como se levantasse de uma tumba.

— Um passarinho bateu no vidro.

— Tadinho. Tá vivo?

— Não sei. — Pegou o pássaro na mão, mexeu levemente e percebeu que o pescoço não firmava. Estava morrendo, sabia. Sentiu seu coraçãozinho veloz e sôfrego. Apertou a cabecinha contra a mão e acabou com o sofrimento da pobre criatura. — Morreu.

— Ai, credo. Que horas são?

— Cinco e meia.

— Mentira? Ai, por favor, Cláudia. Me chama pelas sete. Cinco e meia com um acontecimento desses é dose.

Rosa se deitou novamente, puxando a máscara para cobrir os olhos. Cláudia saiu. Fechou a porta atrás de si e olhou ao redor. O dia já estava acontecendo.

— O dia já estava acontecendo.

Resolveu descer até a represa. Respirou fundo. Ficou um tempo observando a água e pensou que um café cairia muito bem naquele momento. Mas não subiria para passar um com Rosa dormindo na sala. *Cozinha conceito aberto.* Deixou para lá. Empurrou o caiaque até a beira d'água, bateu com o remo e saiu uma aranha imensa de dentro, bateu novamente. Nada. A aranha se afastou lentamente, procurando outro esconderijo. Ela também. Entrou. Foi remando até o meio daquela imensidão de água. Nada do torcicolo se manifestar, o que se manifestou foi uma série de perguntas que estava entalada em seu cérebro havia um tempo. Será psicológico? Será mesmo que estou deprimida? Será que essa voz sou eu? Dizem que a exposição prolongada aos agrotóxicos causa danos neurológicos irreversíveis. E câncer. Estou ficando louca? A morte do pai foi certamente causada por um câncer, mas o câncer será que foi causado pelo veneno do imenso latifúndio ao lado da casa dele? E essa voz?

Da primeira vez que viu a plantação disse ao pai *é imenso esse latifúndio*. O pai riu e disse que aquilo era uma redundância. Mesmo assim, sentia a necessidade de adjetivar aquele assombro. Morar no campo. As pessoas não sabem de nada. Não tem como escapar desse poço. Não tem. Pensava. Cidade, campo, mato, asfalto, não tem escapatória, tudo está doente. Eu estou doente. E se esse negócio virar e eu apenas não resistir ao afundamento, e se ninguém aparecer a tempo e apenas encontrarem o caiaque à deriva? Vão ficar imaginando o que aconteceu. *Foi acidente, será? Que horror. E ela andava meio deprimida, a Cláudia, será que ela faria isso?* Será, Cláudia, que você faria isso? Será que eu faria isso? Será que faríamos uma coisa dessas? A mão amolecendo no remo.

— Cláudia!

Rosa, Suzana, Ana Flávia e Luz formavam um paredão contra a manhã, erguiam uma xícara, decerto para convencê-la a ficar viva. Deu certo. Remou de volta.

Se sentaram na varanda para beber o café. Mais despertas do que imaginavam e do que desejavam, pois acharam tudo

— Quieto demais.

— Não é? Chega a dar uma coisa, eu acho.

— Eu gosto do silêncio.

— Eu também.

— Vai fazer calor, podemos ficar na piscina hoje, tomando sol, churrasquinho rolando ali, já visualizo.

— Tá, mas isso mais tarde, né?, eu tô com fome agora, vamos tomar café da manhã?

Todas concordaram. Subiram as escadinhas e começaram os preparativos do que teria sido uma deliciosa refeição. Só que um pouco antes de se sentarem à mesa. Baque seco.

— O que é isso?

— Será outro pássaro?

Era. Só que esse bateu e morreu. E antes que pudessem sair para recolher o corpinho penoso, ouviram outro. Baque seco. E outro. Baque seco. Baque seco. Baque seco. E foram se afastando da vidraça. Baque. Baque. Baque. Baque. Seco. Seco. Seco. Seco. Durante uns três minutos, assistiram à cena horripilante boquiabertas e sem conseguir articular uma palavra sequer. Trinados, pios e cantos esmaecidos. Baque seco. Baque baque. Baque seco. Baque baque seco seco. Baque seco. Baque seco.

Quando veio o silêncio havia tantos pássaros ao redor da casa que não se podia ver o chão. Alguns ainda se debatiam. Na piscina, outros se afogavam.

— Meu deus, meu deus. O que a gente faz?

— Gente, não é possível, o que é isso?

— Liga pro caseiro pra perguntar se isso é normal.

Não é normal.

— Não é normal.

Cláudia pensou que a natureza exigia algumas escolhas desconfortáveis. Ela sabia. Tinha tomado algumas decisões difíceis antes e talvez aquele fosse o momento de retomar sua vida. A morte do pai, pensa e se corrige, a assistência à morte do pai foi uma delas. Lembrava dele dizendo, *eu quero morrer, já chega, ninguém merece viver assim, eu não quero viver assim, filha, me leva pra casa e me mata. Me mata, por favor, minha filha*. Cláudia levou o pai para casa e atendeu seu desejo. Superdosagem. Morreu tranquilo. Ao menos era o que dizia a si mesma. *Foi em paz*. Morreu no dia em que pulverizavam com mais veneno a plantação ao lado.

— Esses aviõezinhos — o pai disse —, isso não é bom. Tem máscara aí se quiser, eu não vou mais precisar.

Cláudia se lembrava vividamente do cheiro. Uma coisa ocre, pesada até. Depois, enquanto a funerária vinha para preparar e buscar o corpo do pai, viu alguns pequenos animais mortos pelo terreno. E uma intensa migração de vespas. Chorou um tanto. Seus olhos e nariz arderam muito.

— Arderam mesmo.

— O que é, Cláudia?

Se sentia estranha. Caminhou até o fundo da cerca e viu as vacas que sempre ficavam soltas por ali, presas. Estavam agitadas. Cláudia jurou que uma delas lhe fez uma careta, e por isso voltou rapidamente para casa. Desde então, não suportava ficar sozinha, ainda que não pedisse ajuda, ainda que não quisesse a companhia de ninguém. Vendeu a casa a preço de banana, com tudo dentro.

— Tudinho.

— Gente, alguém já ligou?

Soube que em seguida demoliram tudo. Tinha feito o certo. Tinha feito o certo? Acabou com o sofrimento da pobre criatura.

As mulheres se olhavam sem saber o que fazer. O caseiro não atendia o telefone. Cláudia saiu pela porta de vidro. Sentiu um cheiro esquisito no ar. Fechou a porta atrás de si e começou a juntar os passarinhos um por um. Eram andorinhas, maritacas, lavadeiras, canarinhos, pequeninas criaturas. Cláudia, você tem que fazer isso. É o certo. É o certo?

— É o certo.

Usava o polegar para terminar de quebrar seus pescocinhos frágeis.

— O que está fazendo, Cláudia?

— Acabando com o sofrimento das pobres criaturas, me alcança um saco de lixo.

— Cláudia — falaram estarrecidas quase em uníssono —, não.

As amigas não puderam impedi-la, não sabiam muito bem o que fazer, tampouco foram ajudá-la. Se resignaram ao sofá, umas choramingando nos ombros das outras, depois colocando as coisas de volta na mala, deixando de lado a belíssima mesa de café da manhã posta. Impossível.

Cláudia segurava os passarinhos, olhando-os nos olhos.

— Eu sinto muito, já vai acabar. Eu sinto muito mesmo.

A água me contou um segredo

CIDINHA DA SILVA

Cor de gente não tinha mais. O corpo se tornou aquele pretume do lixo que os humanos vão adquirindo à medida que atravessam, indefesos, o tempo da crueldade. O frio matara muitos, ele chegou a vê-los enfileirados.

Quatro meninos dourados passaram por ali e trocaram olhares. Vinte anos antes, índio Galdino foi assassinado numa parada de ônibus, incendiado por jovens iguais a eles, um agora funcionário do Tribunal de Contas, premiado com cargo de chefia. Redimido. Concursado e senhor de um bom salário para manter a família tradicional do Brasil. Riram. Brincaram com os isqueiros. Começariam por aquele cabelo grosso e retorcido. Fogo no Bob Marley.

Já não se sabia vivo. Se estivesse morto, o rabecão esperaria o acúmulo de pelo menos seis corpos para recolhê-los. Tempo era ouro, gasolina também. Tentava abrir os olhos, virava-os às vezes, como se buscasse o sol, a vida, as lembranças de quando tinha tido família, emprego, comida; um sentimento de ser gente. Se estivesse vivo, imploraria a um dos homens de bem que brincavam de achar alvos móveis no bar ao lado para atirar em seu ouvido, alguém disse que era morte certa, mas não tinha voz. Da boca saía apenas a fumaça do frio intenso, derramava-se uma baba espumante na direção da cabeça pendida. Um catarro espesso escapava das narinas. Um líquido indefinível minava do buraco do olho vazado e deixava o pretume do rosto como uma bacia hidrográfica dos livros de geografia da infância.

Cheiro de comida, horário do almoço. Quando fora a última vez que comera? O desejo por um tiro de misericórdia aumentava. Um adulto acompanhado por uma criança procurava comida no cesto de lixo do poste onde ele estava acorrentado. O menino com o polegar na boca olhou para o pai, como se pedisse uma autorização. O pai deu de ombros sem desviar os olhos de seu objetivo. O pequeno então rasgou um pedaço do cobertor que carregava nas costas e envolveu o homem agonizante, que acariciou o próprio rosto com o cobertor, imaginou o alimento cozido pelo cheiro, ouviu os filhos chamando-o para brincar de cavalinho, viu a mãe esperando-o na porta de casa na volta do campo de futebol. Suspirou pela última vez. Sua alma saiu do corpo, sem rumo.

Um homem negro, conhecido entre os colegas como HLN, deixou o dominó com os amigos na praça e atravessou a rua para insultar o homem atado ao poste. Discursou sobre o trapo humano que ele ainda não sabia morto, sobre o quanto a cena denegria a imagem dos negros de bem, como ele; sobre o quanto aquilo afetava negativamente a autoestima das crianças negras.

Quem não sabe desse episódio, não compreende por que Hélio Lopes Negão largou a família e o emprego de entregador terceirizado de lanches, e passou a despender os dias na dança da chuva em torno daquele poste.

Gilda

MARCELA DANTÉS

Foi no meu aniversário de dezesseis anos. Ela entrou no meu quarto, abriu as cortinas e disse que tinha uma surpresa. Que seríamos só nós duas. Eu e ela. Ela até cantarolou o parabéns pra você e, em dezesseis anos de vida, eu acho que só tinha visto a minha mãe cantarolar qualquer coisa duas ou três vezes — ou nem isso, pensando agora, acho que aquela foi a primeira vez.

Eu jamais gostei de acordar cedo, mas naquele momento gostei da atenção, do agito, da mochila que ela enchia com umas roupas minhas, sem nem perguntar se era aquilo mesmo que eu queria levar. Eu não tinha como saber, pois não sabia o nosso destino, mas provavelmente eu não escolheria aquela legging com estampa de corujas para viajar para lugar nenhum do mundo. Gostei de ver o corpo da minha mãe se mexendo de um lado para outro, talvez feliz, talvez nem tanto, mas em movimento. Era difícil ler a minha mãe, mas aquela era uma versão interessante. Certo que não precisava ter aberto as cortinas do quarto direto nos meus olhos desavisados, não precisava ter feito tudo assim, num repente, poderíamos ter nos organizado, nos preparado, mas eu estava gostando: nunca tinha tido aquela versão de mãe, solar, eufórica, e parecia um bom presente para a única vez que alguém comemora dezesseis anos de vida.

A minha mãe, quando eu nasci, caiu de cama. Foi o que o meu pai me disse. Depressão pós-parto, esse mal comum, não era culpa dela, muito menos culpa minha, eram os hormônios, um desequilíbrio químico, uma coisa que não se controlava. Uma coisa que não era bonita de ver, mas uma coisa que passou. Não sei como, ninguém sabe direito, esses negócios que ninguém explica, que o mundo dá mas depois cobra de volta. Eu quis saber tudo e perguntei muitas vezes para ela, que sempre desconversou. Não gosto de falar disso, filha, também nem foi nada sério, e a gente tá bem. Não tá? Eu perguntei uma vez só para o meu pai, que me sentou no sofá lá pelos nove anos e disse tudo, dos gritos, dos arranhões na pele, da camisa de força que ele chamou de contenção, essa palavra que eu ainda não tinha escutado mas que a internet me mostrou que era uma camisa de força, as mangas brancas compridas amarradas nas costas. As fotos dos loucos com cara de loucos babando berrando e a contenção, isso ele não contou, mas eu vi. A cara da minha mãe tem qualquer coisa de louca. Ele contou do dia que ela disse que queria morrer, que queria que eu morresse, que todo mundo morresse, e talvez isso ele não precisasse ter me contado. Contou.

A minha mãe não ficou na cama para sempre, alguma coisa aconteceu, mas parece que um pouco dos dias furiosos e férreos ficaram na pele dela. Pelos olhos do meu pai eu posso ver que ela não era a mesma, que ela já gostou de dançar, que ela já mostrou os dentes de outro jeito, ela já, mas eu não vi. Assim mesmo é a minha mãe, a única que eu tenho. Grita tudo, depois chora arrependida, depois bate a porta e se tranca no quarto. Sai como se nada tivesse acontecido, o sorriso na boca, mas o sorriso na sua boca sempre parece fora de lugar, como se doesse, como se não fosse um movimento natural do corpo, como se um tique nervoso. De vez em quando, metida no quarto, fala canta geme umas coisas que ninguém entende. Mas ninguém pergunta.

Quando o meu irmão nasceu teve cama, também, mas foi de outro jeito. Eu já tinha dez anos e observei atenta, eu queria que a história do meu nascimento se repetisse, eu queria que a minha mãe gritasse a morte de outra pessoa que não eu, mas o meu pai não. O meu pai entupiu ela de remédios e ela não gritava nada, ela não fazia nada. Meu irmão também não chorava, só dormia, os remédios que passam no leite, será que ele não sabia? Claro que sabia.

Sobrevivemos todos, apesar de.

Eu fiz dezesseis anos, dei certo, um rosto arrumadinho, muitas amigas. Eu até já sabia o que faria no vestibular, antes de todas elas. Veterinária. Não queria clinicar, atender aos cachorros infestados de dermatites e tártaros das madames do bairro bonito e arborizado em que meu pai nos enfiou. Eu queria operar bicho grande. Ver ele ali, apagado, a língua enorme pendurada para fora da fuça. Rasgar a barriga, a barriga-montanha de um cavalo, ver escorrer as entranhas molhadas de um cavalo, salvar o cavalo. Eu sempre gostei de bicho, eu aprendi a falar porque precisava pedir um para os meus pais: um gato, um coelho, uma tartaruga meio marrom e muito lenta. Qualquer coisa em que eu pudesse colocar as minhas mãos e as minhas esperanças. Nunca me deram, primeiro eu não estava pronta, um bicho requer responsabilidades, depois o meu irmão muito pequeno e muito alérgico, depois a casa muito pequena, como se ela tivesse diminuído. Jamais ganhei bicho nenhum, nem no meu aniversário de dezesseis anos.

Amanheceu, ela entrou no meu quarto e disse nós vamos viajar, só eu e você, um tempo só nosso, já é hora. Surpresa. Eu, que já havia me acostumado com a ideia de que mãe e filha podem ser estranhas ocupando a mesma casa, achei curioso, improvável, e pensei muito sobre o que iríamos falar. Minha mãe disse vem e eu fui, nem deu tempo de comer nada antes de me enfiar no carro, a gente come no caminho. Meu irmão ainda dormia (era realmente muito cedo) e o meu pai nos acenava do portão, sorrindo aliviado porque *as suas meninas* fariam uma coisa juntas ou, mais provável, porque a nuvem pesada que acompanhava a minha mãe ia deixar a casa por alguns dias. Quando eu olhei o portão fechar e o nosso rosto se encontrou, pensei ter visto a sua boca começar a se mexer para me dizer alguma coisa, a sua mão deixar o aceno para outro movimento, mas tudo ficou meio parado no ar e o carro arrancou e o meu pai foi ficando para trás e eu não o via, porque do banco do passageiro tudo vira fumaça no retrovisor.

Mas, mãe, e a escola?

Não é só na escola que a gente aprende, Gilda.

A minha mãe dirige muito mal. Incapaz de qualquer delicadeza, cada movimento é um susto: freio, acelerador, a marcha que só é trocada quando o carro esgoela implorando. Todas as curvas abertas ou fechadas demais, todos os motoristas à nossa volta gritando com ela e ela nada. Não se abala. Não demorou e estávamos numa estrada e ela numa velocidade muito acima do que as placas indicavam. E ela reduzindo subitamente se um radar, se um buraco, se um caminhão. *Até aqui me guiou o Senhor. E a Isabela.* A leitura confortável das letras miúdas na traseira do caminhão me dizia que estávamos perigosamente perto demais. Ela nada, o rádio também não, a minha mãe não gostava de ouvir música.

Posso ligar, perguntei apontando para ele.

Vamos conversar. Fala comigo. A gente nunca fala.

Disse isso e mais nada, ela nada, voltou para sua direção ofensiva, direção insana, os olhos apertados como se enxergar fosse um empreendimento.

Ela é muito bonita, comprida (eu puxei o meu pai e sempre fui pequena demais para a minha idade, atarracada, minúscula, a menorzinha aonde quer que eu fosse. Meu irmão, dez anos a menos, só um palmo atrás). Ela tem os cabelos de uma cor impossível, esfogueados, alaranjados, brilhantes e fervidos. Os olhos enormes com cílios grossos e sardas da cor do cabelo espalhadas pela cara inteira, pelo corpo inteiro. Sempre foi assim: ela entrava em algum lugar e todo mundo olhava e eu achava aquilo fascinante. Mas quase não via, porque ela não gostava de sair com a gente, embora saísse muito sozinha. Trabalhava, vivia, dizia as coisas estranhas. Às vezes sumia um tempo. A fumaça era só com a gente, eu acho.

Eu disse que precisava fazer xixi e esperei que ela parasse num restaurante qualquer, uma lanchonete empoeirada, uma barraca de café que fosse. Parou no acostamento de uma reta infinita, tirou um rolo de papel higiênico do porta-luvas e me entregou. O segundo xixi dos meus dezesseis anos, metida numa estrada para não sei onde, o estômago já roncando alto e a bunda gelada do vento que os caminhões faziam.

As placas foram se tornando mais raras, a estrada mais precária, as pessoas uma ilusão. O asfalto acabou e seguimos como que quarenta minutos por uma estrada de terra, iluminação nenhuma. Já era noite quando a minha mãe parou o carro. Era menos que um vilarejo, uma praça de um banco só, uma igreja e três casas coloridas, uma do lado da outra, todas apagadas.

Lua nenhuma. Minha mãe buzinou na frente da casa do meio, pintada de ocre com as janelas azuis, e disse vou e já volto, o barulho da buzina ainda ecoava nos meus ouvidos já tão acostumados com o silêncio. Era impossível que, se houvesse alguém ali, não tivesse nos escutado até aquele momento: minha mãe era barulhenta, o carro também, o freio reclamava de trabalhar. Uma luz se acendeu, dava para saber pelos frisos das janelas, mas demorou até que alguém aparecesse. Alguém que eu não vi, que abriu a porta só o necessário para colocar uma mão para fora, alguém que deixou cair um chaveiro nas mãos da minha mãe e fechou de novo.

Não tínhamos chegado, afinal.

Andamos mais uma hora mata adentro e estacionamos na frente de uma construção quadrada, as paredes de tijolos sem massa ou tinta, a luz do farol que batia ali e deixava tudo meio laranja. Minha mãe disse vamos e eu fui, o molho de chaves tinha três ou quatro ou cinco chaves, mas a porta se abriu na primeira tentativa e a luz se acendeu e o que eu vi foi um galpão amplo, sem nenhuma divisória interna. Era gelado lá dentro, mesmo que o ar do lado de fora fosse maciço e sufocante.

No meio de tudo um tapete enorme, geométrico, hexágonos de diversos tons de amarelo flutuando num fundo também amarelo, esse o mais escuro. Uma colmeia estranha, epiléptica, tortuosa. Um banheiro no canto, eu podia dizer porque atrás da parede de meia altura eu via o chuveiro. Caquético, talvez mais velho que eu. Um banho frio era o que a minha mãe tinha me preparado de aniversário? Não havia cama, mas dois colchões encostados nas extremidades opostas de parede. Um fogão. Não muito mais que isso. A luz iluminava, mas parecia não querer fazer aquilo, tremelicando e falhando e formando sombras que, eu tinha certeza, eram muito maiores do que deveriam ser.

Eu tinha fome e não via comida. O meu corpo já começava

a doer de frio, os músculos se contraindo. A minha mãe parecia não sentir, andando de mangas curtas como se flutuasse, e eu cada vez menor naquele lugar gélido e um pouco escuro. Que frio era aquele em pleno verão? Que frio era aquele se do lado de fora fazia um calor úmido, pesado, tão típico e suarento?

A minha mãe me disse aqui é especial para mim e nada do que eu conhecia da minha mãe combinava com aquilo e era difícil acreditar que ela já tinha estado ali mas, pensando bem, ela não tinha consultado mapa nenhum para chegar e não era qualquer lugar aquele em que estávamos, um galpão perdido, enfiado no fim do mundo. Eu estava cansada, faminta, e não era assim que tinha planejado passar o meu aniversário. Almoçaria com duas amigas e depois um mergulho no clube ou ficaria em casa vendo qualquer coisa na televisão, ou sei lá, uma festa-surpresa. Mas não aquilo. Mas não tremer de frio e doer de fome.

Alguma coisa parecia fora do lugar. Eu só não sabia, ainda, que era eu. A gente não pensa nunca que a nossa mãe, mesmo a mais estranha delas, possa fazer qualquer coisa de ruim com a gente e essa ignorância me abençoou por dezesseis anos, até que não mais. O frio era desproporcional. A minha fome incomodava. Dormi encolhida no colchão, o corpo inteiro encostado na parede, na tentativa de tirar dali algum calor, já que as mantas que encontramos eram, obviamente, insuficientes. Acordei três vezes durante a noite, sem motivo, sem barulho, sem susto. Nas três vezes, pude ver a minha mãe sentada no seu colchão, me olhando com calma e com insistência. Seus lábios se mexiam, mas tudo era silêncio.

Depois da última, não dormi de novo. Também não acordei.

Aonde tem vento eu vou
TRUDRUÁ DORRICO

Como se me descolasse do corpo e subisse em direção ao céu. Sem controle dos movimentos, em total estado de inércia, consigo ver com o terceiro olho a distância crescente que me separa da cama. Fito o corpo, imóvel, dormindo ou morrendo. De alguma forma a levitação desafia a gravidade, atravessa o teto, a exosfera e me lança em levitação para o mundo de cima. Eu vejo o espaço escuro e luminoso, pedras, minúsculas, médias e gigantes, gravitarem no silêncio surdo. Então morrer é assim? Há um silêncio em mim, mas há ruídos também. Alguém me chama, minha neta vem cá, a voz vem de algum lugar e nenhuma direção. Então, meu fim é ficar vagando sozinha no tempo escuro? Não estivemos sempre, pergunto ironicamente de dentro. Um medo me invade e eu me sinto despencar em queda livre. Mesmo sabendo que o corpo que possuo não é o convencional, sinto um frio na espinha. O corpo, qual deles eu não sei mesmo, involuntariamente reage à falta de gravidade, e eu tremo. Acordo com o peito apertado. A sensação é de que estive sinestesicamente sentindo tudo de olhos efemeramente fechados. A testa, a blusa, a barriga, o suor da angústia estão umedecidos. Quanto tempo durou esse pesadelo?

Desperto com uma dor de cabeça infernal. O calendário anuncia dia A. O dia do retorno chegou. Tateio a mesinha em busca de uma cápsula de água. A IA me dá bom-dia. Respondo que quero um relatório neurológico. Ela prontamente me escaneia e diz que tudo está normal. Por que esses pesadelos permanecem? Não é morfológico, ela diz involuntariamente, lendo minha expressão. Entro no banheiro, a sala é acionada com o calor do meu corpo, os sensores disparam um gás que biologicamente me desinfeta. As histórias de banho são parte de um passado remoto de que não costumamos falar, embora tenhamos vontade de experimentar. O holograma pisca, há uma ligação na sala, sei quem é, mas não quero atender. A IA diz que preciso, que não tenho alternativa, é a Federal.

— Adhêrá, te enviei um código que você não abriu — diz Ziri, emendando um bom-dia atrasado e justificando que é urgente.

— Já vou abrir, levantei agora, muito atrasada, mas tive pesadelo de novo.

Peço desculpas e seu holograma parece que entende. Sinto a desconfiança porque eu mesma uso softwares para mascarar meus sentimentos. Ele pede agilidade, repete a palavra e abruptamente encerra a ligação. A IA me diz que as cápsulas de água e analgésico estão na primeira gaveta. Já são duas cápsulas de água, metade das unidades destinadas ao dia. O que não é urgente neste mundo destruído?

A IA organiza o telão projetando notícias que não são do meu algoritmo, graças à última configuração da Matriz que deu reset em nossas buscas de rede. Elenca listas de meus afazeres na sede, agenda meu retorno, e abre o correspondente que pede meu código de consultora.

A mensagem diz que necessito fazer uma viagem de campo no dia B, pois a Matriz mapeou um território arqueológico muito parecido com os que existiam na Antiga Terra. Devo acompanhar a equipe biológica e relatar os níveis de contaminação e situações de fertilidade. Não tenho opção de recusa. Nunca tive.

O holograma psiquiátrico diz que morfologicamente não tenho nenhum problema na minha rede neural. Que mais uma vez a ressonância irá resetar o pesadelo, mas que o problema já foi reportado ao plano de saúde para uma configuração definitiva. Meu plano cobre tudo, justifica, então logo tudo deve ser resolvido.

— Mas já faz mais de dois meses que tenho esses sintomas — retruco.

Ele não pede desculpas, só balbucia que também encaminhou à Matriz a falha no sistema. Me receita mais cápsulas de amortecedor para que as dores cessem temporariamente. Acho péssima a abordagem, contudo agradeço como manda a etiqueta. Deito no chão da sala, repito o código para a IA me resetar, ela me escaneia, pede que eu feche os olhos e inspire. Sinto a luz passar por minhas pálpebras e adormeço.

A voz da IA informa que fui resetada após a consulta. Agradeço e peço para voltar ao trabalho. Olho pela vidraça que fica embaçada, a fumaça emerge com fuligem revestindo os prédios, deixando a tarde mais acinzentada. As luzes de neon são acesas para evitar choque nos transportes aéreos, seguido de um generalizado e estridente alerta de segurança máxima. A fuligem me desanima, e eu vou organizar a bagagem para o trabalho do dia B.

* * *

Os pássaros pretos cercam o corpo de um animal irreconhecível. Falam entre si, e dizem que a carne e a bebida são saborosas. Um frio me arrepia. Quase como numa convenção eles estão reunidos, realizando uma cerimônia. Andam em círculos. A sensação é de pavor, como se eu fosse a próxima de uma fila que não consigo identificar pois está nublada. Eles, os pássaros, param e me encaram, seus rostos são de gente desfigurada. Sinto os olhos deles me devorarem. A sombra imensa cobre meus olhos. Acordo ensopada mais uma vez. Um enjoo revolve meu estômago e sou obrigada a levantar e vomitar na varanda. O vômito respinga na vidraçaria do apartamento, um líquido amarelado inunda o chão.

Visto o traje de viagem. O Transporte Aéreo Branco pousa no terraço do prédio vermelho. Sinalizo com um sabre de luz minha localização, já que a visibilidade é afetada pela fumaça. Indico o despacho da minha bagagem, que é uma caixa com alguns itens pessoais, já que a duração da expedição é indeterminada. Levo as cápsulas de água e amortecedores receitadas para as dores de cabeça que venho sentindo. Uma luz mira na caixa e a teletransporta para dentro. Eu me posiciono e sinalizo afirmação de que estou pronta, e igualmente sou teletransportada para dentro do TAB. A cabeça lateja fininho. Mas agora preciso esperar o pouso na Antiga Terra, que fica distante e abaixo de nós.

Não há janelas no TAB. Mas nossos óculos ultravioletas escaneiam a área. Mayê, sentado ao meu lado, me codifica uma mensagem. O antebraço decifra o código recebido, no traje de viagem. Ele relata o nível tóxico da área subterrânea em que estamos. Após o gás vaporizar todo o TAB, processo regular nos transportes e espaços públicos, embaçando nossa visão, vejo uma nova mensagem perguntando se já encontrei a cura para minhas dores de cabeça. Respondo que não, e que sei que estou sendo resetada. Mayê não me envia mais nada.

Não estamos sozinhos, outros consultores e uma equipe epidemiológica foram ordenados para a viagem. Alguns se distraem com softwares de games, outros entraram em salas privadas, alguns veem notícias, e eu aguardo nosso transporte estacionar na área não magnética. Já fomos avisados de que a aterrissagem será turbulenta, mas que todos os baques em áreas rochosas nunca chegaram perto de ameaçar os transportes. O material de nióbio que compõe nosso TAB, a voz no teletransmissor anuncia, é inquebrável, de modo que nossas expedições são absolutamente seguras.

— Esta viagem é absolutamente segura — diz a voz da IA.

As cadeiras de ferro, revestidas de lixo reciclável, são modernas baterias. Quando nos sentamos, os cabos automaticamente, guiados pela IA, se instalam em nossos trajes, que alimentam a liberação de energia e refeições em formas gasosas que se distribuem paulatinamente para nossa pele. Tento dormir na cadeira reclinada e propícia para viagens longas, mas instintivamente lembro que a IA me avisou dos pesadelos. Percebo que a dor de cabeça passou sem remédio, e que fiquei animada em participar de um trabalho com outros consultores. Já faz um tempo que anseio por sair em expedição. Ou pode ser que a empolgação se deva ao fato de eu encontrar pela primeira vez Mayê após um longo tempo trocando apenas códigos.

Não conseguimos mensurar o tempo da viagem. Sabemos que nos deslocamos da superfície para o subterrâneo por dias indefinidos. Enquanto estamos no TAB recebemos água e somos desligados para contenção de energia. Devemos ter dormido por dias, porque ao abrir os olhos sinto a cabeça pesada e um gosto levemente amargo na boca. Mayê pergunta se estou consciente, respondo que sim. A luz se acende na cabine, a IA nos diz que chegamos ao limite da área mapeada e que devemos estar prontos para entrar numa área não magnetizada. Nos acalma dizendo ser uma área absolutamente segura, numa viagem segura. Embora a voz da IA seja racional, algo dispara em mim o sentimento de insegurança. Aciono meu código particular e entro numa ligação privada com a IA, peço urgentemente que resete minha segurança. Ela liga o scanner em mim e diz que novamente não encontrou nenhuma palpitação, nenhum problema morfológico, e que irá reportar à Matriz a sinestesia. Pergunto se não há indício de alguma rede com curto-circuito, um rápido scanner diz que não.

Ouvimos um alerta geral, um gás é acionado e adormecemos. Acordo assustada. Sinto meu corpo como se integralmente esfaqueado. À medida que abro os olhos vou reconhecendo a gravidade do impacto rochoso. O cinto me amarra à cadeira, que tem alguns ferros pontiagudos à mostra. Percebo que acabamos de sofrer o acidente. A dor que atravessa meu abdômen é agonizante. Eu não consigo suportá-la. Sinto um líquido quente escorrer fino pela barriga e vagina. Olho para o lado, os corpos dos consultores estão mutilados ou carbonizados. Ao abaixar a cabeça vejo o ferro pontiagudo atravessado na minha barriga. Sei que estou morrendo. Eu rio da mentira e da ingenuidade em acreditar que a viagem era absolutamente segura.

— IA, ligue para a Matriz. ... IA?

— Não tenho autorização para atender esse tipo de solicitação. Por favor, resete imediatamente o seu código para eu voltar a atendê-la.

— IA, é uma emergência — digo desesperada.

— Por favor, resete imediatamente o seu código para eu voltar a atendê-la.

De que adianta pedir socorro, reportar o primeiro acidente da Matriz, se já estou morrendo mesmo?, penso, conformada com a morte.

O TAB está destroçado. A IA não me atende. Pergunto mentalmente o que vai acontecer com os corpos dos consultores, da equipe epidemiológica, de todo mundo. O mais provável é que, como eu, terão seus apartamentos desocupados. Não há ninguém a quem lamentar seu desaparecimento da Nova Terra. A IA, Ziri e Mayê eram as pessoas com quem eu me correspondi nos últimos tempos. Todos os assuntos sempre foram relacionados ao trabalho. A morte deveria vir mais rápido. Mas parece que meu corpo é mais resistente do que supus. Faço uma dinâmica com as mãos para desenrolar o cinto, impulsionar meu corpo e sair do ferro pontiagudo que me atravessa. Retiro o cinto, o latejar é agudo e eu desfaleço.

Abro os olhos. Noto rapidamente que já não visto o traje, o que me alarma imediatamente para a contaminação geral. Me ergo e percebo que não estou mais no TAB, mas ainda consigo vê-lo. Estou num lugar desconhecido. Há uma faixa em volta da minha barriga e ao meu lado está uma médica, não uma projeção, que aparentemente fez o curativo em mim. Há outros humanos do tempo antigo. Eles me olham apavorados e eu devo estar apavorada também, porque sinto meus olhos arregalados.

A mulher se aproxima devagar sinalizando segurança. Eu não tenho medo, mas talvez meu rosto anuncie o contrário. A mulher fala e eu não entendo. Manifesto vontade de me erguer, mas ela pede que me deite para finalizar os curativos. Eu deixo que se aproxime, ela me aplica um líquido e eu adormeço. Acordo com menos dor, não sei se estamos no mesmo dia, mas consigo ver que me transportam para outro lugar, um lugar que nunca vi. É como uma cidade sem os imensos blocos de concreto envidraçados. São outros tipos de casa que tocam a terra. Meus códigos não funcionam. Talvez a IA não funcione aqui. Todos os do Antigo Tempo me encaram. O que aconteceu com a afirmação de que a viagem era absolutamente segura? Os humanos do AT não foram extintos? A Matriz saberia da existência deste último reduto de vegetação?

A medicina do povo da Antiga Terra não funciona de imediato, mas é eficaz. Já faz um tempo que a mulher humana, Inah, efetua o tratamento. Os maiores cortes já estão cicatrizando. Ela aponta para a mancha na faixa, azul-esverdeada, digo. Nosso sangue, ela não entende. Muitos vêm me ver, e eu sei da minha diferença em relação às suas morfologias. Meus olhos são maiores, e minha cabeça é mais achatada. Alguns me chamam para ir ao centro da cidade deles. Saio da casa em que estava deitada, um hospital, diria, novamente vestida com o traje de viagem. Uma criança corre com outra, há muito tempo que eu não vejo uma criança. Acho que nunca vi. Ela tropeça e bate o rosto no chão, escorre um líquido vermelho de sua boca. A contaminação deve ter altos níveis de toxicidade para que o sangue deles seja vermelho.

Há um conselho reunido a céu aberto. Pessoas de tempos diferentes apontam como um jogral, para que eu olhe morro abaixo. Um silencioso TAB se aproxima da área desmagnetizada. O nosso TAB não está tão distante da área magnetizada. Eles iniciam um processo carburador e tecnológico espantando os pássaros que vi em meus pesadelos. Ao mesmo tempo que o calor evapora os corpos, os trajes, os assentos, a nave que vai derretendo se transforma num metal que penetra no solo. Esse metal passa a magnetizar a área. Testemunho com horror a destruição de tudo. Se eu não tivesse sido retirada a tempo, estaria agora como poeira na Antiga Terra. Retroescavadeiras, maquinários que devem ter vindo na mesma viagem que o TAB Federal, iniciam a extração em massa da nova pequena área magnetizada. Olho para os Antigos Humanos e eles estão desolados. Eu também estou.

— Ela está doente, está morrendo — ouço o ancião falar.

Fico triste em ouvir o decreto, mas havia algum tempo eu já sabia. Nem precisei descobrir meu diagnóstico de contaminação generalizada. A IA, que não alcança esta área verde, não pode me resetar. O conselho me disse que não adiantaria, pois justamente os resets é que tinham destruído meu corpo. Que o mundo da superfície era altamente tóxico. Por terem herdado os costumes de seus ancestrais, após a fundação da Nova Terra mantiveram-se nela colhendo e protegendo-a. A viagem quase absoluta da população para o lugar tóxico permitiu a descontaminação, mas ela ameaçava chegar novamente a seus territórios. Não sabiam, após muito tempo, como vivia a outra população. Depois de séculos, perderam comunicação. Lembro da IA, e de toda a angústia de viver num lugar que já se achava destruído. Disseram que, depois que se intensificou a extração, algumas máquinas eram enviadas para serem ponto de magnetismo. Às vezes conseguiam salvar alguém, que contava como era a vida lá em cima mas logo morria. Muitos deles não tinham memória, e muitos eram doentes terminais, porque se alimentavam da comida industrial e envenenada, e eram igualmente resetados. Como eu, eram usados como descarte na expedição da Antiga Terra. Este povo nomeia este território Abya Yala. A Matriz sabe da existência deles, mas, como a IA não consegue alcançá-los, não pode resetá-los e criar novas memórias. Já faz algum tempo que eu queria viver mais para lembrar dessas memórias. Mas agora eu estou indo aonde esse vento, que nunca havia sentido, me levar.

Ginecomastos

AMARA MOIRA

As modificações não eram tão proeminentes no início, parecendo mais uma questão psicológica. Tanto que demorou para analisarem os fatos à luz da ciência. Respeitáveis pais de família, homens do tipo mais tradicional, heterossexuais, casados, quase todos com filhos, nesses cidadãos mais do que em qualquer outra fatia populacional passou-se a observar um incidente extraordinário, a hipertrofia das glândulas mamárias, condição médica intitulada de ginecomastia.

Foi paulatina a mudança. Endocrinologistas das grandes capitais começaram a sinalizar o acontecimento em conferências de saúde há pelo menos cinco décadas, apontando para o aumento constante no número de pacientes que chegavam aos seus consultórios com queixas a respeito de um inchaço nas mamas, pequeno mas suficiente para marcar nas roupas que usavam (nem sendo preciso dizer os constrangimentos que isso acarretava).

Inicialmente os médicos imaginaram tratar-se apenas de pseudoginecomastia, quando o aumento das mamas é causado pelo acúmulo de gordura, mas sem proliferação do tecido glandular. Um simples exame de palpação bastaria para diagnosticar o caso, no entanto a pressa fez com que acreditassem ver ali só sobrepeso, restringindo-se a recomendar aos pacientes uma consulta com um nutricionista. Foi preciso que homens indiscutivelmente magros adentrassem seus consultórios para os médicos se darem conta do equívoco. Com o correr dos anos, porém, o inchaço foi se fazendo mais e mais nítido, os pacientes relatando, além disso, o surgimento de uma sensibilidade exacerbada na região, capaz de os levar a sentir indisfarçável prazer ao estimulá-la. Um prazer incômodo, diziam a princípio.

Alguns relatavam ainda disfunção erétil e queda da libido, fatores responsáveis por numerosos inconvenientes à manutenção de seus matrimônios. O Viagra resolvia parcialmente o problema, mas a recuperação mecânica da potência erétil reduzia cada vez mais a cópula conjugal a uma mera obrigação, para esses homens. Com isso, o interesse libidinoso diminuía a olhos vistos, e lideranças cristãs aproveitaram o ensejo para retomar a ideia de ser a procriação o único propósito legítimo do sexo: a ausência de prazer seria uma bênção, afirmavam. O Viagra permitia que os deveres conjugais fossem cumpridos em escrupulosa observância aos mandamentos bíblicos.

As tentativas iniciais para ocultar os seios eram precárias, percebendo-se facilmente a sua presença sob a blusa ou camisa social. Tops discretos, faixas elásticas, compressas de gaze, apetrechos os mais variados foram improvisados com essa intenção. No desespero primevo, os homens se acorcundavam para disfarçar o inconveniente volume, sem contar as feridas e os problemas respiratórios surgidos por ficarem o dia todo e, às vezes, até dormirem com faixas apertadas. Todo um mercado acabou se construindo em torno da nova necessidade, com vestimentas mais apropriadas sendo desenvolvidas e principiando a figurar obrigatoriamente nos guarda-roupas masculinos. O capitalismo e sua incrível capacidade de adaptação.

Os primeiros a entrar nos consultórios vinham profundamente embaraçados e, só depois de muitos rodeios, conseguiam dizer o que os levara até ali. A condição era relativamente comum apenas em homens mais velhos, mas o grosso dos que começaram a aparecer eram ainda bem jovens, tendo em média vinte a quarenta anos e pertencendo a qualquer classe social. Perguntavam se os sintomas poderiam ser causados pelo consumo de alimentos específicos, frangos criados à base de hormônio tornaram-se o alvo preferencial da desconfiança popular e acabaram temporariamente por desaparecer das prateleiras. Mas não se notou alteração na curva ascendente dos casos e, no fim, foi preciso reconhecer que as conjecturas em relação ao frango eram de todo infundadas.

Passaram, então, a suspeitar de alguma toxina ou agrotóxico presente nos enlatados a que vamos nos habituando, e quem sabe dos famosos transgênicos, mas nenhuma pesquisa conseguia encontrar provas incontestáveis. Seguiam-se os anos e a impressão era de que, para a população, sobretudo os homens diretamente afetados, a prioridade deixou de ser descobrir a causa ou a cura, mas, sim, aprender a conviver com a nova anatomia que o destino lhes proporcionara. "Aceitar" era a palavra-chave, daí terem criado o movimento Orgulho Ginecomasto (termo cunhado para designar os portadores da ginecomastia) e exigirem a imediata despatologização da condição.

O fenômeno generalizava-se por todos os estratos da sociedade e todas as categorias profissionais. Políticos, professores, atletas, artistas, policiais, funcionários públicos, CLTs, terceirizados, trabalhadores informais, médicos inclusive, até padres e pastores eram afetados. Com duas exceções: crianças e homossexuais.

Evidentemente o fenômeno indicava a entrada do homem

na vida adulta, meninos aguardando ansiosos o momento em que seus seios se destacariam, e a segunda exceção parecia fortalecer a hipótese de ser essa a vontade de Deus. A dada altura, não possuir seios era indício forte de homossexualidade e, como o preconceito da época era ainda mais cruel que o de hoje, homens despeitados que não queriam dar pinta de gays recorriam a próteses mamárias.

Na ignorância dos primeiros tempos, chegaram a realizar cirurgias para a retirada das mamas, a mastectomia. Porém, à medida que a condição se alastrava, tal saída não só foi deixando de ter sentido, como as operações que haviam sido feitas precisaram ser revertidas. A retirada passou a ser tratada como mutilação, no caso de homens, e quem quer que tivesse sido lesado dessa forma poderia solicitar gratuitamente um implante de silicone na rede pública de saúde.

Nem tudo são flores, no entanto, e a consagração definitiva dos ginecomastos tem resultado em desafios cada vez mais complexos. De uns tempos para cá, a relação entre possuir seios e ser homem se impôs de tal modo que as mulheres, acuadas, começaram a disfarçar seus volumes e, caso não fossem mais ter filhos, escolhiam realizar mastectomias (direito assegurado em qualquer hospital público). Até aí tudo bem. O que ninguém esperava, contudo, era que, justo no momento em que ostentar seios abundantes passava a ser atributo exclusivo da masculinidade, um fato alarmante se fizesse notar: os seios dos homens que na última década entraram na fase adulta, não chegaram a se desenvolver de maneira natural, obrigando médicos a receitar suplementação de estrogênio, ou mesmo implantes de silicone, para evitar que a nova geração fosse alvo de estigma.

Os desígnios de Deus são imperscrutáveis, evidentemente, e a sociedade limitava-se a comemorar que a medicina havia encontrado uma solução. Um médico, porém, responsável por uma unidade de saúde no centro de uma capital, percebeu uma inesperada conexão entre esses acontecimentos e a mudança de comportamento de um grupo bastante marginalizado atendido por ele, o das travestis. Como a Justiça não as reconhecia oficialmente enquanto mulheres, elas não tinham direito à mastectomia gratuita, precisando recorrer a açougueiros e com frequência indo parar em prontos-socorros por cirurgias imperitamente realizadas.

Dado o desprestígio em que caíram os seios femininos fartos e sendo a prostituição o principal trabalho que as travestis exerciam, elas deveriam se valer da cirurgia, mesmo que clandestina e perigosa, para não perderem seus clientes. A mesma situação fez com que elas tivessem que abrir mão das cavalares doses de anticoncepcionais que tomavam, pois um dos efeitos colaterais é exatamente o crescimento dos seios. E foi aí que esse médico, um homossexual não assumido que precisou colocar silicone para se livrar da discriminação, deparou-se com uma hipótese chocante tanto para a atrofia das mamas na atual geração de adultos como para o surgimento, meio século antes, da neoginecomastia, como ela passou a ser conhecida.

O doutor parecia ver uma ligação entre o consumo desmedido de estrogênio por parte das travestis, observável desde a década de 1960 (momento em que a pílula anticoncepcional começa a ser comercializada), e a disseminação da neoginecomastia nos homens. Possivelmente, e isso era apenas uma hipótese, o excesso de estrogênio seria eliminado no sêmen das travestis e, caso homens tivessem contato recorrente com tal substância, não seria descabido imaginar que acabassem absorvendo ao menos parte do excedente hormonal. Por fim, o fato de agora elas precisarem cortar o consumo desses hormônios, para não fugirem aos novos padrões de feminilidade, expunha a razão do não desenvolvimento mamário da geração adulta atual.

Tudo se encaixava à perfeição, mas as implicações dessa hipótese eram perigosíssimas. Como reagiria a população masculina ao publicizar-se o que gerou seus exuberantes seios? E suas esposas, o que fariam ao descobrir não só que eram traídas de maneira tão vil, mas também que era fajuto o discurso sobre o prazer sexual ser pecado? A sociedade já havia se transformado muito, haveria pânico, rebeliões, caso a revelação fosse feita, e ele é que não queria ser responsável por isso. Concluiu que não era hora de trazer à tona a hipótese. Era somente uma hipótese, também.

Provando-se verdade, o cômico era pensar que as travestis abusavam dos hormônios para apressar a transformação dos seus corpos, mas seus corpos, entendendo o abuso como intoxicação, eliminavam quase todo o hormônio que elas consumiam. Resultado? As modificações ocorriam em câmera lenta para as travestis, ao passo que, para os veneráveis pais de família que elas atendiam, os seios se desenvolviam numa velocidade incrível.

Época de milagres

MARIANA SALOMÃO CARRARA

Todo ano o aviso chega em cima da hora porque neste assunto são todos inimigos e é importante que não tenham tempo de articular seus palpites e disputas, mal recebem o chamado e já é o momento de avançar pelo longo corredor, na verdade uma passarela escura que dá no pequeno galpão onde se reúnem. José repara nas pichações que aumentaram de um ano para cá, as paredes estão mais agressivas, é preciso que ele próprio tome corpo destes rabiscos ameaçadores nos muros para chegar lá um outro homem, um novo José, que consegue o que quer, o José deste ano não vai desistir fácil, não, este ano ele não abaixa a cabeça, vai dizer o que pensa e ficar em destaque.

Ainda na metade do caminho pela galeria úmida, inicia-se um rumor de que desta vez os chefes vão simplesmente escolher os primeiros que chegarem, então depois de uns segundos de protestos os homens começam de repente a correr, os mais jovens puxam a camisa dos mais velhos de modo a ganhar uns metros de vantagem, as poças espirrando nas calças, são poças rasas de alguma coisa que vaza dos encanamentos antigos, as vozes retinindo nas grades dos exaustores, José vê que o Alemão já vai três metros adiante, tenta alcançá-lo, mas logo se dobra sobre o baço pulsante, de todo jeito não haveria de ser assim, não iam escolher os primeiros que chegassem e pronto. Boato típico da baixeza de um pilantra qualquer a fim de ferir uns adversários no percurso.

Apinham-se no galpão pequeno demais, uma das lâmpadas fosforescentes pisca enjoativa no canto esquerdo. O cheiro de suor combate o de hálito de fome e estomatites dos homens que vão entrando arfantes à procura de alguém a quem possam sinalizar sua ágil chegada e evidente interesse. Acomodam-se pouco a pouco nas insuficientes cadeiras de plástico e no chão, refrescando-se na parede.

O chefe está recostado à mesa. Abana-se com a prancheta, impaciente com a missão. Liga um microfone acoplado diretamente a uma caixa portátil, o súbito ruído agudo é o que basta para trazer o silêncio, o microfone é desligado em seguida porque não funciona direito. José transpira mais ainda agora em repouso, ele odeia transpirar, o olhar vigilante entre o cara da prancheta e o Alemão que faz agora um aceno breve, a cordialidade simplória dos homens. Quando eles estão todos assim juntos José tem o incontrolável costume de imaginar quantos aqui já mataram, pela cidade inteira quais destes aqui já mataram e como foi e o que lhes passará, será que a lei, ou Deus, certamente Deus.

O chefe informa, com uma risadinha sádica e um tom de anúncio de leilão, que este ano vão escolher com base na combinação entre desempenho e destaque, sendo desempenho a conduta leal e cautelosa, sem intercorrências, e o destaque um feito acima do esperado, um louvor, resposta eficiente a desvios do plano, desafios. José anima-se, este ano já até recebeu um elogio.

O chefe tenta impor alguma agilidade ao procedimento, já começa dizendo que este ano só podem escolher trinta, no total, sim, são períodos sensíveis, é preciso parcimônia.

— De todo mundo, aqui só tem uma mulher. Ninguém aqui vai se opor que ela já seja logo de cara escolhida.

Os homens olham-se aturdidos, os mais corteses sorriem para ela, que se encolhe. José odiou o privilégio descabido, busca com o olhar a cumplicidade de um deles, o qual ergue os ombros evidenciando a impotência que acomete a todos, cabendo a resignação. Mas não a este José, não o José deste ano.

— Eu tenho um menino em casa…

A tímida intervenção de José iniciou um inconveniente elevar de vozes e risadas, e o chefe liga o microfone apenas para que o sonido de novo cale a turba.

— Todo mundo tem filho, porra. Vamos fazer assim, pode se retirar quem não tem filho, vamos deixar as especiais só pros pais. E pra mãe ali.

Três ou quatro jovens erguem-se do chão e saem sem indignação, ainda cumprimentam no caminho um ou outro conhecido com vigoroso espalmar que ecoa sua juventude no galpão. José tenta argumentar que quis dizer filhos bem pequenos, mas diz muito baixo quase para dentro. O chefe olha para José e ironiza o diminuto impacto dessa decisão na escolha de quem vai para as especiais, e talvez com isso esteja reforçando que nada em José é minimamente especial, nada na sua figura trabalha a favor de que seja escolhido, e então José conclui, num pensamento sarcástico raivoso, desses que têm sido cada vez mais frequentes no José deste ano, que só pode ser porque ele nunca matou ninguém, não ainda, se esta reunião continuar assim é capaz que isso mude hoje, estes homens não o merecem, a vulgaridade das suas barbas suadas, camisas puídas manchadas do suor de outros dias, como suam, e ele também, como é insuportável suar.

— Ah e não vai ter mais de um da mesma área. E a gente também não vai escolher nenhum muito afastado, soltar um negócio desse em três quilômetros de periferia, nem notícia vira.

A sordidez do chefe está crescendo rapidamente, nessa alfinetada José não se enquadra, contudo do início da informação ele extrai que de fato Alemão é seu maior oponente ali, não vão colocar mais de um na mesma área, só há espaço para um dos dois, se é que há, mas não este ano, José tem o menino e não vai abrir mão, a mulher saiu de casa e ele já abriu mão de tanta coisa que o menino nem quer vir visitar porque não tem nada na casa dele, principalmente não tem a mãe.

Um homem que esteve esse tempo todo ao lado do chefe sem dizer nem fazer nada volta lá de dentro com um ventilador capenga e luta para posicioná-lo sobre a mesa, o barulho é de um enxame de vespas dentro de um motor, de modo que o chefe precisa falar ainda mais alto, de vez em quando olha para o microfone lamentando a sua sorte.

— A gente já tem aqui a lista, ninguém vai saber ainda. Vamos ficar de olho no procedimento de vocês mais um ou dois dias. Vacilou, vai rodar.

É difícil compreender que a reunião acabou e é hora de dispersar, as dúvidas se avolumam, disputam com o ventilador. Aos poucos, os homens levantam e vão deixando o galpão, retomam o rumo da passarela pichada, José se sente rendido, justo este ano, este José, não é possível que isso é tudo que pode fazer.

Alemão chega na garagem e dirige logo para fora dali, José sai em seguida, colado nele. Não quer perdê-lo num farol, porque o Alemão é do tipo que avança mesmo no começo do vermelho, José não, mas talvez este José sim, o deste ano. São tipos como o Alemão que vão conseguindo tudo o que querem, a confiança dos homens, das mulheres.

Anoitece. O asfalto molhado, as poucas luzes da avenida estão embaçadas de fumaça e garoa, parecem chumaços de estopa empoeirada, José já perdeu Alemão há algum tempo, de toda forma não era bom que ficassem tão próximos, ainda mais se estão mesmo de olho neles, mas José tem certeza de que ninguém está vigiando o Alemão, tipos como o Alemão não são vigiados, parte-se do princípio de que estão sempre fazendo de forma adequadamente errada tudo de bom e de ruim que devem fazer.

Mas José vai caguetar algum descuido.

Há alguns minutos Alemão apanhou uma senhora na beira da avenida, estava sozinha no escuro sob o chumaço sujo de estopa luminosa, tocou-a para dentro e arrancou, foi aí que José o perdeu de vista, mas a rota é a de sempre, ele logo vai encontrá-lo. Decerto que os filhos do Alemão nem visitam o pai, não devem nem saber o que ele faz, há anos não imaginam por onde ele anda, nem veem a cara do dinheiro, e ainda assim ele não abre mão dessa merda de especiais.

Está ali, logo adiante, José se aproxima devagar, Alemão larga a senhora no meio da avenida, muito longe da calçada, qualquer um poderia ver e denunciar, arranca antes mesmo que ela esteja inteiramente no chão, ela grita, José vai dizer para o chefe que qualquer um poderia ter visto e até filmado, a velha se apressa como pode até a sarjeta e tonteia atarantada, procura ajuda, umas sacolas no chão. José passa por ela e avança na direção do outro, que já encostou mais à frente e apanha agora duas meninas arrumadas para alguma festa do bairro, os cachinhos molhados, é tanta a brutalidade do Alemão que elas decerto dão com a cara num dos vidros na primeira curva.

Perdeu-o de novo, mas também deixou para lá que não adianta nada se ele próprio esquecer de fazer a função dele. Mas é muita humilhação, todo mundo repara que entra ano e sai ano e nunca é José, tipos como ele não são escolhidos e deve ser isso que o filho pensa dele, o menino, e também a mulher, ex-mulher, o menino escolhe a mãe porque ninguém escolhe tipos como José.

Em casa José lamenta o filtro de água que pinga e por isso fica sempre um copo embaixo, o mesmo copo, e quando se vai pegar água é necessário retirar o copo para encher o novo copo, o copo verdadeiro, em que se vai de fato beber, e isso são coisas que tiram José do sério. O melhor é consertar antes do fim de semana, quando vem o menino, e isso ele pensa apesar de o problema do filtro estar lá há anos e ele nunca ter arrumado, vai ver foi por isso que a mulher foi embora, há também uma das portas do armário da cozinha que dependendo de como se abre tomba e fica pendurada por uma das dobradiças, e é muito simples ajeitar isso e no entanto ele deixou a família todo esse tempo lidando com a porta que solta quando se vai pegar o leite ou o café.

Na casa do Alemão as coisas não devem ser assim, enquanto a amante toma um banho ele fuma e ajeita o sifão embaixo da pia, e sem tirar o olho do jogo de futebol na televisão ele parafusa a prateleira que está frouxa, lá só não deve ser limpo, que isso ele não é, nada nele é limpo.

Já anoiteceu de novo e Alemão estranha a presença de José àquela hora na garagem, chegou praticamente junto dele, por acaso teria andado na sua cola, mas sorri e espalma a mão aberta do outro, na simpatia costumeira dos homens, e como José continua ao seu lado, convida-o a terminar a noite no Abutre, o boteco ali mais acima no morro, e José vai subindo as escadarias que vão dobrando as vielas umas sobre as outras, observa como é o jeito que o Alemão cumprimenta as mulheres e também os homens do caminho, o traquejo evidente nos ombros, é óbvia a razão de ele ter sido escolhido hoje pelos chefes, e não José, ambos sabem disso, o Alemão vive naquela naturalidade dos tipos que sabem que estão com tudo e sabem que estão andando ao lado de um cara que não está com nada e a diferença é tão notória que não há sequer a necessidade de pirraça, cabe até mesmo uma gentileza com ares de comiseração, ele puxa um banquinho para José e pede uma rodada.

José convoca um brinde ao Alemão pelo anúncio de hoje mais cedo. Ele já tinha comemorado a notícia junto aos demais escolhidos, uns mais tímidos, outros mais vociferantes, saíram falando todos ao mesmo tempo, empolgados com o dia seguinte, alguns mais cuidadosos ficaram para pedir instruções, mas não o Alemão, que ele é do tipo que não tem dúvidas, já sabe o que fazer antes que lhe deem ordens.

Brindam. No final da terceira garrafa Alemão levanta-se para ir embora e José, no desespero, pede cachaça e insiste. Outros homens se aproximam em razão da cachaça, José não deveria gastar mais, sobretudo agora que tem a pensão do moleque, mas é sua última esperança, servem mais, bebem tanto que se estivesse armado Alemão daria tiros para o alto.

A pretexto de ajudá-lo, José cambaleia até a casa do Alemão segurando-o pela cintura, incomodado com o cheiro dele porque Alemão é daqueles que não sentem o próprio suor. No quintal uma menina dança diante de um celular, há na sala um cachorro que não se mexe nem mesmo diante da entrada dos homens, José não encontra quem possa ser a esposa, mas ouve um chuveiro ligado, uma televisão alta, promoções de Natal, onda de assaltos, uma toalha plástica rosê com tema de flores está sob um prato limpo com talheres e dois potes de comida fria, Alemão tomba no sofá sem jantar.

Sobre a mesa há uma faca, José imagina como seria bom rasgar um tipo como aquele, desses que têm tudo, só falta a esposa ser uma gostosa, até isso, mas esse pensamento não chega a se formar inteiro porque José não sabe pensar assim, não sem forçar muito, está com medo de que ela saia do banho de toalha e se assuste com ele ali e não é hora de gritos.

Senta-se à mesa e emula o formato dos cotovelos do Alemão, estuda como é que se alimenta um tipo assim, servem-se do macarrão gelado e do refrigerante, mastiga com a boca aberta olhando a televisão que é como ele imagina a janta de um homem assim. Quando ele entrou nessa era só temporário, não pensou que ia durar tanto, não combina com ele, e ainda assim ficou anos e anos e não é escolhido nunca, este país é mesmo um caldeirão de injustiças, não há um tema neste país em que não se pratiquem apenas injustiças.

A mulher sai do banheiro já vestida e passando um pente no cabelo molhado, dá com José comendo e pergunta se ele é o José, que o Alemão fala muito dele. Não era possível, o que é que falava dele. José não tem um plano, é preciso que Alemão não apareça amanhã, nem nos próximos quinze dias, a mulher de alguma forma ergue e desloca o Alemão para o quarto, conduzindo-o com tapinhas nos ombros e nos flancos, e já começa a revestir o sofá com lençol e almofadas, mostra para José apontando o sofá com o queixo ao mesmo tempo que chama para dentro a criança das danças no quintal, que passa por José sem olhá-lo, dá um beijo na mãe e fecha-se num quartinho, a porta é sanfonada porque o corredor é estreito demais para uma porta normal.

É completa a casa, tem algum afeto e também uma boa dose de indiferença, como devem ter as famílias que funcionam. José começa a lavar a louça do seu jantar e acaba por lavar toda a louça que estava ali, a televisão continua alta, como todos se recolheram talvez caiba a ele desligar, mas é impossível achar o controle, ou um botão. Ergue as almofadas, os gibis, nada do controle, também não acha a tomada que é atrás do aparelho, vai ser preciso dormir com esse barulho.

José vê três ou quatro formigas na toalha plástica, passa um guardanapo úmido que depois não sabe onde jogar, não encontra o lixo. Pega água no filtro que não pinga, mas mesmo sem pingar tem um pires marrom embaixo, por precaução.

Passa o olho num porta-retratos com a foto de uma velha olhando para ele, para a câmera, e embaixo há um terço rosado, e ao lado estatuetas de santos e uma imitação de Barbie. Logo ao lado da velha, que tem a cara parecida com a do Alemão, tem uma revista de carros e motores, palavras cruzadas, um saco de moedas e dois panfletos de pizzaria.

Ninguém ofereceu um banho, mas vai ser preciso, porque ele não é desses tipos. No chuveiro, uma lasca no vidro da janela faz barulho de vento e dá um pouco de frio, mesmo no calor, e a toalha do Alemão, que não é a toalha da esposa porque a dela está molhada, tem manchas amareladas, ele deve secar a cara sem lavar quando chega suado, tipos assim.

Deita no sofá arrumado pra ele. A cada dez minutos, desperta com o filme na televisão, um suspense que se eleva, uma luz que estoura na tela. O cachorro segue deitado imóvel, e olha de volta para ele todas as vezes, sem abanar o rabo, talvez ele não tenha rabo.

Na verdade, não seria o caso de dormir, não o José deste ano. Passa pelo cão impassível e empurra lentamente a porta do quarto do casal, ouve o ronco estrepitoso do homem, a esposa dorme serena, a complacência habitual das mulheres. Talvez se ele achasse algo para jogar no café do Alemão.

Pega do armário uma camisa e uma calça e vai vesti-las na sala. Lavadas não carregam mais o cheiro, a mulher é muito caprichosa, e, retomando aquela fresta de pensamento, é mesmo gostosa, não falta nada na vida do Alemão. A camisa cai bem, a calça fica muito comprida em José, reforçando o ridículo da sua figura. Guarda de volta no armário e fecha com cuidado a porta, ninguém ouve nada porque já se ouve demais a televisão e o ronco.

A geladeira é a geladeira de uma família, com o suco da criança, ovos, cenoura. Em nada se parece com a de José que é uma geladeira sem família que ele corre para preencher de quinze em quinze dias se o menininho vem, e agora vai vir mais porque é fim de ano.

Se o cachorro desaparecer. Se der um sumiço no cão é capaz que o Alemão fique por aqui à procura dele, e os chefes vão aceitar o José no seu lugar.

Não, o mais provável era que a família não desse falta, porque é um animal autossuficiente e desalmado.

José desperta com os gritos do Alemão e da mulher, a criança não está na cama, ele não a viu sair, não ouviu nada, não, ninguém entrou, o cachorro não latiu, não sabe de nada, meu deus etc. A mulher desliga com facilidade a televisão e sai para a rua à procura da filha.

José corre pelas ladeiras todas, os cachorros das casas alertam um de cada vez que está passando um homem qualquer diante do portão, um tipo sem importância, mas não cabe aos cães essa avaliação, latem mesmo cedo quando prefeririam dormir. Chega suado à garagem, onde uma agitação já se vê de longe.

Um fotógrafo dirige os registros, cada homem sobe honrado no seu ônibus especial, e os demais, os motoristas que continuam comuns, olham lá do asfalto e sorriem contentes pela graça dos outros e então vão eles próprios às suas funções comuns, o chefe com a prancheta confere nomes e também sorri, o espírito é natalino.

José explica que o Alemão não vem e pediu que ele assumisse em seu lugar, porque a filhinha do Alemão sumiu, forma-se um pequeno alarma geral, que logo se dissipa, o chefe concorda e entrega a chave e o gorro, José posa para a foto diante do ônibus, sobe, arruma o letreiro, 702 Jardim Iracema BOAS FESTAS, as palavras ficam correndo luminosas, José dá a partida e esquenta o motor e desce para olhar os detalhes. As luzes coloridas fazem o contorno perfeito de todo o ônibus, os vidros em dourado, os faróis rodeados de luzes vermelhas, o para-choque brilhando verde, na lateral um grande sino luminoso, um laço em luzes vermelhas. Das janelas pende um longo varal de gotas douradas que pode ser que até pisquem.

Sobe de volta e ajeita melhor o gorro de Papai Noel conferindo no retrovisor, o cobrador pergunta se ele acha que foi algo grave, o quê, a menina do Alemão. O pompom do gorro balança com o vento do basculante, José responde que essas coisas costumam ser graves, mas é uma época de milagres.

Sai com o ônibus e para em cada ponto, mesmo que não haja ninguém. Todos olham e sorriem, as crianças apontam, ele acena. Na avenida principal um turista tira foto, o jornal do meio-dia nas televisões dos bares comenta que já estão circulando nas principais rotas os ônibus natalinos, a imagem que ilustra a matéria é José sorrindo com o gorro diante do ônibus.

Às cinco da tarde para no ponto que fica na frente da escola do filho, é sexta-feira e é o fim de semana dele, mesmo que o menino não quisesse vir ele teria de vir porque é de quinze em quinze dias. O guardinha traz a criança pela mão, José vê pelo espelho que o menino vem saltitando e passa os dedinhos pelas luzes na lataria, o guarda da escola o deixa no primeiro degrau do ônibus, ele corre para um beijo no pai, pega o gorro do Papai Noel e põe na sua cabeça, imenso.

O menino dá mais alguns pulinhos, você conseguiu, papai, conseguiu, você é o melhor pai do mundo.

Coma antes que esfrie
FLAVIA STEFANI

Júlia não tinha nada contra aquela salada. Exceto pelos pepinos, que ela detestava. Que jeito assombroso de começar a noite, ela pensou, enquanto o mordomo transferia quantidades odiosas de salada de pepino da tigela para o seu prato. Os pepinos eram os vegetais mais abomináveis do mundo, perdendo apenas para os pimentões, mas mesmo estes não cometiam o crime de serem pegajosos e viscosos.

O mordomo serviu o marido de Júlia, Marco, e, por fim, Benjamin, o anfitrião.

Benjamin ergueu a taça de champanhe:

— Um brinde a uma noite divertida.

Marco o acompanhou:

— Tim-tim.

— Obrigada por nos receber! — disse Júlia.

Ela tomou um gole de champanhe. Estava morno e sem gás. Olhou discretamente para o lustre acima da mesa de jantar que, com centenas de esferas de cristal incrustadas em sua estrutura de latão, conferia um brilho radiante ao ambiente. A pintura de uma praia num dia cinzento cobria a parede atrás de Marco, envolta por uma moldura que provavelmente custara tanto quanto a própria obra de arte — se não mais. Ainda assim, o champanhe estava morno. Teria sido um deslize, ou era nessa temperatura que os ricos tomavam champanhe?

Benjamin comeu uma garfada de salada. Marco fez o mesmo. Júlia brincou com o garfo. Ela olhou para o marido. Ele tampouco gostava de pepinos — um dos tantos aspectos que o casal tinha em comum. Naquela noite, no entanto, ninguém poderia dizer que Marco não gostava de pepinos.

Marco deu um sorriso demorado para a esposa. Júlia entendeu a indireta e comeu uma pequena porção da salada. Todos os pelos de seu corpo se arrepiaram em protesto. Ela engoliu rapidamente e limpou os lábios no guardanapo, deixando uma marca de batom no tecido.

— Está gostando da salada? — Benjamin lhe perguntou.

— Na verdade, não — Júlia teria respondido se fosse uma noite diferente, numa casa diferente, se Benjamin não fosse o chefe de Marco, se Marco não estivesse sendo cotado para uma promoção no trimestre seguinte. Se Marco e Júlia não estivessem planejando comprar uma casa em breve e quem sabe, até ter um bebê.

Sendo assim, Júlia sorriu:

— Está deliciosa.

— Estes vieram diretamente da nossa horta — disse Benjamin, apontando para os vegetais com o garfo. — Quando foi que plantamos os pepinos, Elias? Ano passado?

O mordomo assentiu.

— Também plantamos umas árvores frutíferas recentemente — ele continuou, com a boca cheia de pepino —, peras, maçãs, laranjas. Voltem daqui a alguns anos e teremos nossa própria salada de frutas.

— Sem dúvida voltaremos — disse Marco.

Benjamin acenou para o mordomo.

— Elias, por favor, sirva mais salada à sra. López.

Júlia entrou em pânico. Reunindo toda a sua polidez, ela disse:

— Por enquanto, estou bem. Prefiro começar devagar.

— Negativo — disse o anfitrião —, sem essa de comer pouco hoje.

O mordomo se aproximou dela, erguendo a tigela de cristal como se fosse um troféu. Ele se inclinou e encheu ainda mais o seu prato. Júlia pôde ver as veias finas de seu pescoço e os pelos dentro de suas narinas. Ele tinha um rosto sombrio, com sobrancelhas perfeitamente aparadas.

— Talvez eu possa comer um pouco mais — disse Júlia, hesitante.

Quem sabe se apenas mordiscasse a alface? Ela viu o contorno de seus lábios no guardanapo em seu colo e sentiu como se sua boca zombasse dela mesma. Respirando pelo nariz, comeu uma segunda garfada. Tomou imediatamente um gole grande de champanhe morno para disfarçar o sabor, mas agora o champanhe tinha gosto de pepino. Sentiu vontade de cuspir dentro da taça.

— Onde é o lavabo? — ela perguntou ao mordomo.

— Por aqui, por favor.

Júlia o seguiu pela sala de jantar. O brilho da casa a impressionou. Todas as superfícies refletiam a luz; o assoalho de madeira, o lustre, as janelas, até as vigas do teto pareciam ter sido polidas recentemente, como se a poeira não pudesse atravessar a porta de entrada.

No lavabo, Júlia cuspiu na pia. Ela enxaguou a boca e notou que a água da torneira também tinha gosto de pepino. Esfregou a língua com a toalha de mão. No espelho, seu cabelo pareceu mais comprido. Jogando uma mecha para o lado, encontrou um acúmulo de fios grisalhos perto da testa. Ela não havia notado aquele tufo preto de cabelos grisalhos antes. Tentou arrancá-los, mas só conseguiu puxar os fios pretos. Examinou seu rosto de perto. O rímel estava borrado, evidenciando rugas recém-descobertas ao redor dos olhos, como se ela tivesse envelhecido dez anos na última hora. Limpou o rímel com a toalha, a pôs de volta no gancho e retornou à sala de jantar.

Pimentões recheados agora ocupavam o seu prato. Júlia examinou suas formas monstruosas e irregulares — cada um do tamanho de um melão e estupidamente verdes. Para ela, cheiravam a amônia. Seu sabor detestável tinha pernas, viajando pelo prato. Para piorar, haviam sido recheados com carne moída, e Júlia era vegetariana.

Marco comeu o recheio de um pimentão com uma colher. Isso não a surpreendeu. Desde o início de seu relacionamento, ela estava sozinha em sua preferência por manter os seres vivos vivos. O que a surpreendeu foi o apetite do marido. Como ela, Marco detestava pimentões. Que bonito, confidenciara a uma amiga quando eles começaram a namorar: compartilhar a vida com alguém que compartilha suas escolhas. Ela havia feito um lar para si mesma nesse sentimento, mas fazia um tempo que ele vinha desmoronando.

Marco já tinha bebido bastante champanhe a essa altura e parecia genuinamente interessado no que Benjamin dizia. Essa foi outra surpresa. Júlia achava que era tudo faz de conta, aquela noite, aquele jantar. Marco havia confidenciado a ela sua desaprovação ao chefe em diversos outros jantares: ele odiava a maneira condescendente como Benjamin se dirigia aos subordinados, suas piadas inapropriadas nas reuniões de trabalho, seus comentários passivo-agressivos disfarçados de conselhos. No entanto, ali estava o seu marido amado: um cãozinho abanando o rabo para o mais poderoso da matilha.

O que Benjamin estava falando? Algo relacionado a planilhas, cotações, trimestres, números e mais números. Marco ouvia e concordava. Volta e meia dizia algo a Benjamin usando palavras que a excluíam da conversa.

O mordomo serviu mais champanhe para Marco. O estômago de Júlia roncou. Os pimentões a encaravam, arrogantes e intocados. O mordomo também parecia encará-la. Ela decidiu cortá-los, para ao menos dar a impressão de ter comido. Com a faca e o garfo nas mãos, Júlia olhou para o prato. Seus pimentões tinham ficado amarelos.

Ela olhou para o prato de Marco e, sem dúvida, os pimentões dele também tinham ficado amarelos. Bem como os de Benjamin. Quantas taças Júlia havia bebido? Teria imaginado o pimentão verde? Ela se lembrou do que uma feirante lhe dissera anos antes, quando lhe perguntou por que os pimentões tinham tantas cores. Todos nascem verdes, a senhora explicara. Eles progridem para o amarelo e, finalmente, para o vermelho. A diferença é o tempo.

Pois bem. Ela comeria os pimentões amarelos. Mas, ao olhar novamente para o prato, viu que eles tinham ficado vermelhos.

Júlia pigarreou para chamar a atenção de Marco, que ria de alguma piada de Benjamin. Marco piscou para ela e voltou rapidamente a atenção para o chefe. Ele levou uma fatia generosa de pimentão vermelho à boca e bebeu mais champanhe. Na parede atrás dele, o sol se punha na pintura, e o céu mudou de cinza para vermelho.

O prato seguinte era codorna. Júlia não tinha estômago para isso. Sua garganta se comprimiu ao imaginar o que agora era uma carcaça depenada reunindo gravetos para um ninho, comendo minhocas, preenchendo o ar azul com melodia, apenas para acabar em seu prato, assim.

E o fato de a codorna ainda sangrar só transformava uma situação ruim numa ainda mais indigesta. Era como se o cozinheiro tivesse acesso a uma lista de tudo que ela não comia. Marco chupou uma das asas, e Júlia se sentiu solitária. Do lado de fora da janela, uma escuridão sufocante pairava sobre a casa. Faltava muito para irem embora?

Algo se moveu em seu prato. Como se quisesse sair voando, a carcaça de codorna havia se arrastado até o centro da mesa. Uma pequena poça de sangue ocupava o lugar onde a ave estivera pouco antes.

A codorna de Marco também saiu do prato, deixando um rastro de gordura e sangue na toalha. A codorna de Benjamin não passava de um cadáver imóvel naquele momento, mas Júlia podia jurar que a viu se mexer. Nenhum dos homens pareceu se importar.

Benjamin tocou um pequeno sino de prata. O mordomo, que estava a meio metro de distância, deu um passo à frente.

— Viu? — Benjamin perguntou a Marco.

— Incrível! — Marco respondeu.

Benjamin entregou o sino para Marco:

— Sua vez.

Marco tocou o sino. O som era estridente e horrível.

— Terminamos, Elias — disse Benjamin.

Uma por uma, o mordomo recolheu as carcaças.

Júlia se ajeitou na cadeira. Suas costas doíam de ficar sentada e a cabeça doía de fome. Pensou nas comidas em sua geladeira: espaguete ao molho marinara, minestrone, arroz-doce. Ela comeria tudo com as mãos e lamberia os dedos. Um pensamento perturbador lhe ocorreu: sua fome era tamanha que seria capaz de devorar até o presunto que Marco comia no café da manhã.

Um porco de estimação interrompendo o jantar não é uma piada que todos apreciem. Nesse caso, nem era uma piada — o porco escapou de sua jaula e se enfiou na sala de jantar. O mordomo parecia aborrecido com a intromissão, mas Benjamin recebeu o suíno de braços abertos.

— Bacon — disse Benjamin.

O porco correu até ele, sua cauda encaracolada girando no ar. Benjamin acariciou sua barriga cheia de manchinhas e cobriu de beijos a testa do animal.

— Vamos — Benjamin disse aos convidados —, não deixem a comida esfriar.

No prato de todos: costelinha de porco. A carne estava macia, caindo do osso como fruta madura de uma árvore. O glacê tinha um cheiro tão doce e amanteigado que Júlia sentiu que podia saborear o ar. Sua cabeça martelava de fome. Ela tomou uma decisão. Sentando-se ereta, pegou o garfo e cutucou tentativamente uma das costelas. Nesse instante, Bacon saltou e deu um grito desesperado.

— Minha nossa — disse Júlia, deixando cair o garfo. Marco e Benjamin se olharam, assustados.

— Está tudo bem, Bacon? — Benjamin perguntou.

Após alguns segundos, o porco se aconchegou novamente aos pés de Benjamin. O anfitrião sorriu.

— Alarme falso.

O mordomo colocou um garfo limpo no lado esquerdo do prato de Júlia. Ela cutucou a carne novamente.

Os gritos de Bacon soaram como uma bomba explodindo no canal auditivo de Júlia. Como se alguém tivesse derramado gasolina em sua cabeça e ateado fogo. Na segunda vez em que ela encostou na carne, Bacon saltou ainda mais alto, derrubando a garrafa de champanhe. O mordomo respirou fundo e se ajoelhou para limpar a bagunça. Júlia pôs os talheres de volta na mesa.

Marco devorou as costelas como se fosse o seu trabalho. Ignorar a esposa também havia se tornado o seu trabalho, Júlia pensou. A testa de Marco mostrava sulcos profundos que não existiam antes. Seu cabelo estava um tom inteiro mais claro. Ela costumava correr os dedos pelos fios negros do marido no início do namoro — há quanto tempo foi isso? O cabelo dele também havia crescido; agora, poderia trançar suas mechas grisalhas. Ela notou a gordura nos lábios de Marco e quis lambê-los.

Benjamin jogou um osso para Bacon. Marco jogou um osso para o alto. Ambos estavam embriagados a esse ponto, aproximando-se do estágio em que só viam graça um no outro.

Uma dor se espalhou da lombar de Júlia até o pescoço. Ela caminhou até as janelas, a barra de seu vestido arrastando no chão empoeirado, que parecia não ser limpo havia séculos. Do segundo andar, a propriedade de Benjamin se afigurava enorme, indefinida: um homem que possuía um pedaço do horizonte. Júlia reconheceu a fonte com esculturas mitológicas à esquerda, e atrás dela o carro compacto que compartilhava com Marco. À sua direita estavam as pequenas árvores frutíferas que Benjamin tinha mencionado, o solo ao redor delas úmido e revirado. Seu estômago protestou. Fechando as cortinas, notou as veias salientes nas mãos enrugadas. Você devia ter comido o jantar, pensou, incorporando sua falecida mãe.

Ao se virar, viu Marco e Benjamin dançando tango ao som de uma vitrola. Suas pernas desafiavam a gravidade: dois bêbados de cabeça branca, os rostos enrugados feito uvas-passas, se atirando no ar com abandono — quanto tempo até caírem de cara no chão? A agulha arranhou a superfície do vinil, interrompendo a música. Seu estômago roncou e Júlia pensou que o som podia ser ouvido na Lua. Levando a mão ao estômago, ela se desculpou. Uma atitude natural: ela havia passado a vida inteira se desculpando pelo corpo.

Marco e Benjamin sentaram-se num sofá de veludo. Benjamin puxou um acordeão e tocou algumas notas. Júlia passou por eles.

— Júlia, querida — disse Benjamin —, está se divertindo?

— Estou com fome — ela respondeu, olhando para o marido.

Benjamin e Marco se olharam. Suas bocas explodiram em risadas.

Benjamin pegou no ombro de Marco.

— Você ouviu isso? Ela está com fome.

Ele tocou uma nota no acordeão.

— Triste demais, se for verdade — disse o marido.

Ele pôs o instrumento de lado.

— Venha — disse Benjamin —, vamos comer.

Os dois velhos cambalearam até a mesa de jantar.

Júlia passou pelo mordomo curvado, que colocava porcelana limpa na mesa — suas mãos ossudas tremiam, como se segurar um prato exigisse muito esforço. Ela caminhou sob o lustre coberto de teias de aranha, passando pela pintura em que uma lua audaciosa brilhava sobre o mar revolto. Começou a descer a escada em caracol, seus saltos ecoando como pedras no assoalho, e praguejou ao tropeçar na barra do vestido. Uma mulher da sua idade não devia ter que usar salto. Tirou um sapato e depois o outro. Os arcos de seus pés reclamaram, o piso pressionando seus ossos cansados. Apoiando-se no corrimão, desceu o restante dos degraus.

No fim de um corredor mal iluminado, Júlia encontrou a cozinha, onde um cozinheiro chorava, debruçado no balcão. Aproximando-se dele compadecidamente, notou que cortava dezenas de cebolas e as transferia para umas jarras de vidro. Não precisou perguntar: sabia que ele estava fazendo picles de cebola, uma conserva que lhe dava arrepios.

Na geladeira, havia apenas as sobras do jantar. Uma das codornas piou enquanto Júlia inspecionava as gavetas. Ela fechou a geladeira imediatamente.

Nos armários: temperos, sal marinho, azeite, uma caixa de biscoitos vazia.

Júlia começou a chorar — talvez por causa da cebola ou da fome. Ela abriu a torneira da cozinha. Em vez de água, saiu suco de pepino. Até suas lágrimas tinham gosto de pepino. Enterrou o rosto nas mãos e chorou. Havia tanta abundância no mundo, mas nada para ela.

Lá fora, a cada minuto o sol adicionava mais cor e vigor ao dia. Entre seus soluços e os do cozinheiro, Júlia ouviu o canto dos pássaros. Ela notou uma árvore perto da janela da cozinha, com os galhos carregados de frutas.

Júlia correu até a porta que dava acesso ao jardim. Ela girou a maçaneta, mas a porta não abriu. Tentou novamente: nada. Júlia começou a bater na porta, mas o problema de ser velha era que as portas não mais a respeitavam. Com os punhos cerrados, socou a porta diversas vezes. Seus pulsos doíam de tanto golpear a madeira. Ela chutou a porta com os pés descalços. Reunindo a pouca força que possuía, deu alguns passos para trás e se atirou de ombros contra ela.

A porta se abriu e Júlia caiu de joelhos. Ela rastejou em direção à árvore. O ar estava leve com a promessa do amanhecer e, contra um céu de fundo laranja, sentiu a névoa da grama em suas palmas, as pontas de seus longos cabelos brancos roçando o solo. Ela se ergueu na base da árvore.

Apoiada no tronco, colheu uma fruta de um dos galhos mais baixos. Uma pera. Júlia adorava peras. Ela segurou a fruta em sua palma suja e deu uma mordida.

Estava verde.

Júlia olhou para cima. Todas as peras estavam verdes.

Ela sentou-se lentamente. À sua frente, a manhã se estirava como um cobertor macio sobre o jardim, os galhos em forma de chifre se estendendo em direção às nuvens. Ela fechou os olhos e esperou.

Neon

CAROLA SAAVEDRA

Será que é possível escrever um conto de terror quando a realidade parece um conto de terror? Olho pela janela, a paisagem é a mesma de sempre, mas algo, algo se infiltra entre as flores do jardim. Talvez a nuvem que joga sua sombra inesperada, ou um movimento que não consigo precisar de onde vem. Fecho a cortina e vou até a biblioteca buscar inspiração no dicionário, mas quando passo pelo corredor, me olho no espelho e algo me chama a atenção, algo que não reconheço, no meu rosto, no meu olhar. Me aproximo da imagem, e sinto como se em meus olhos se desenhasse a forma de outros olhos, e de dentro de mim alguém me observasse. Um arrepio me percorre a espinha, ajeito o robe de chambre, aliso o bigode e sigo a passos firmes até a biblioteca. Após acender o candelabro, vou até a estante e tiro de lá o dicionário. Descubro que a palavra "terror" vem do latim *terreo*, e se refere a algo que faz a terra tremer. Terror é quando a terra treme sob nossos pés, anoto num caderno com a minha pluma, tremor, terremoto.

Sirvo-me de um cálice de conhaque no intuito de relaxar,

mas, antes do primeiro gole, sinto novamente aquela presença estranha, como se a sombra que antes vira no jardim agora houvesse se infiltrado pelas paredes da casa, uma força me puxa de volta à escrivaninha, me prende à poltrona, toma o meu braço, se apodera da minha mão, e me obriga a pegar a pluma novamente. Escrevo num idioma. Tento me desvencilhar, mas a presença da musa que me assalta, ou seria Medusa?, me faz dizer o que não sou, o que não fiz. Meu corpo se faz pedra. Sim, há uma história. A história começa assim:

Meu personagem segue pela floresta, a mata densa e escura apesar de alguns raios de sol que insistem em resplandecer abrindo caminho entre as folhas. Enquanto caminha, algo acontece: de um momento a outro o chão perde a sua estabilidade, no início apenas uma leve sensação de desequilíbrio, depois, cada vez mais forte, o personagem tenta se apoiar nas árvores, mas estas balançam feito juncos, sob seus pés. Após alguns minutos de intensos tremores, a terra se abre numa gigantesca cratera que engole toda a floresta. A terra se fecha novamente. Na superfície sem atmosfera, resta apenas um solo vazio e avermelhado. Ao longe, uma nave espacial se aproxima para investigar o planeta.

Fim.

Mas a história, obviamente, não pode terminar assim.

Lembro então de Freud e seu texto sobre o *Unheimlich*, traduzido em inglês como *uncanny*, em português, pesquiso, a tradução mais comum parece ser "estranho familiar". Gosto da expressão. O terror é uma alteridade que vive em nós, é o momento em que nos damos conta de que algo, algo em nós não nos pertence. Continuo.

Meu personagem depois de ser tragado pela terra vai parar em outra dimensão, abre os olhos e percebe que se encontra numa sala sem móveis, as paredes brancas, e apenas uma janela com vista para algo que parece ser o mar. Logo se dá conta de que o quarto tem formato circular. Após alguns minutos, a porta se abre e entra uma mulher usando um jaleco branco. Seus olhos são azuis, num tom que repete com exatidão o azul do mar que se vê pela janela.

— Bom dia, que bom que você acordou. Chegamos a pensar que poderia haver um defeito na memória IRS...

— Onde estou?

Meu personagem faz uma pergunta óbvia, é verdade, mas às vezes o óbvio é o melhor que temos a dizer.

— Estamos no farol do meridiano 23.

— Farol?

— Sim.

— No meio do mar?

A mulher olha em volta, dá um sorriso irônico:

— Sim, pode-se dizer.

— E o que eu estou fazendo aqui?

Meu personagem realmente não é muito criativo.

— Você veio para uma entrevista de emprego.

— O quê? Mas que emprego?

— Você já saberá.

A mulher tira do bolso um pequeno bloco de papel e uma caneta. Aponta para um banquinho transparente, cuja existência ele ainda não percebera.

— Vamos à checagem, sente-se.

Eu olho em volta mais uma vez, tentando entender o que é aquilo, em vez de obedecer e fazer o que a mulher me pede, dou alguns passos em direção à janela, o que me custa um esforço inimaginável como se lutasse contra uma espécie de força gravitacional. Chego enfim à janela, mas ao pôr os dedos sobre o vidro, as paredes vão perdendo a cor até se tornarem transparentes, quase como se não existissem, e a visão de estar no meio do mar provoca em mim uma espécie de vertigem, tento me segurar em alguma coisa, mas não há nada, só a sala vazia no meio do oceano.

— Não faça mais isso, não é bom para o alinhamento.

A mulher toca a parede de vidro com os dedos e esta volta à sua consistência anterior.

— Bom, agora que encerramos a entrevista, passemos para a próxima fase — ela diz.

— Mas que entrevista? Se eu não disse nada ainda, você não me fez nenhuma pergunta...

Ela começa a perder a paciência.

— Deixe de tolices, já sabemos o que precisávamos saber. Agora, passemos ao teste de resistência, sente-se nessa cadeira, por favor.

A mulher aponta para uma cadeira branca que eu nem sequer havia percebido até então. Fico alguns instantes sem saber o que fazer, mas acabo obedecendo. Com o bloco nas mãos, a mulher pergunta:

— Qual é a sua memória mais antiga?

Eu penso que talvez ela esteja louca, mas tento não deixar transparecer a minha desconfiança. Busco alguma lembrança antiga na memória.

— Eu tinha dois anos de idade e andava de bicicleta com minha irmã. Ela usava um vestido estampado.

— Não é essa, uma mais antiga ainda.

— Mas essa é a mais antiga que eu tenho.

— Não, não é.

— Era só o que me faltava, eu é que sei das minhas memórias.

— Faça um esforço — o tom da mulher é de ameaça.

Eu faço um esforço:

— Estou numa floresta, árvores imensas, corro de algo...

— Mais antiga.

Eu faço mais um esforço:

— Não reconheço a minha forma, parece que...

— Mais antiga.

Agora começo deliberadamente a inventar qualquer coisa:

— Não há nada à minha volta, sou parte desse nada, de repente uma explosão.

— Muito bem.

A mulher parece satisfeita, faz algumas anotações. Depois me diz:

— Sinto lhe informar, mas você foi reprovado.

— Mas reprovado em quê?

— No teste de admissão.

— Mas por quê? Para quê?

— Não insista, foi melhor assim.

E ao dizer isso, os olhos da mulher se enchem de água, talvez esteja chorando, penso, começo a suspeitar da veracidade de tudo aquilo, talvez um pouco tarde demais. A mulher agora chora com mais afinco, chora cada vez mais, as lágrimas escorrem pelo rosto, depois jorram, como se o azul dos olhos estivesse se liquefazendo. Me pergunto se devo dizer alguma palavra de consolo, mas a água começa a subir, já chega aos meus joelhos, a mulher continua chorando, o chão parece se mexer, olho em volta, sinto que o farol começa a afundar, entro em pânico, não sei o que fazer, instintivamente vou até a janela e pulo no mar.

No mar, meu personagem é engolido por um peixe, não, melhor, por uma baleia. Na barriga da baleia ele encontra uma série de outros personagens que também haviam ido parar lá.

Senta-se sobre um montículo que talvez seja uma veia ou parte do estômago.

— Você demorou — diz Jonas.

— A rota régia estava interditada, precisei pegar outro caminho.

— Deve ser mais um dos truques dela.

— Sim, com certeza. Pediram a ela um conto de terror, mas ela recai o tempo todo na ficção científica.

— Não considero que esta história absurda seja ficção científica.

— Então é realismo mágico.

— Ela já disse várias vezes que o que ela escreve não é realismo mágico.

— Então é o *real maravilloso*, do Carpentier...

— Ha, ela nunca leu o Carpentier!

— Leu sim.

— Quando, que eu nunca vi?

— Vocês querem parar com isso? E deixem de criticá-la, ela está se esforçando.

— Só esforço não serve pra nada.

— É, se esforçar qualquer um se esforça.

— Tive uma ideia, e se assumíssemos nós a tarefa da escrita?

— Ótimo, precisamos ser mais proativos mesmo.

Meu personagem abre um notebook e começa a escrever.

— Como começamos?

— O conto?

— Sim.

— Que tal num tom ensaístico, algo sobre a dificuldade de escrever um conto de terror?

— Eu não acho ruim. Algo século XIX, a história se passa num castelo inglês, que tal?

— Então vou escrever.

Ele escreve.

— Pronto. E agora?

— Desenvolve.

— Não sei o que dizer.

— Por que você não usa o velho truque de recorrer ao dicionário?

— Gênio!

Ele escreve.

— Isso está demorando muito — diz Jonas —, nesse ritmo não vamos terminar a tempo.

— Eu sei, mas o que é que eu posso fazer?

— Já se passaram mais de vinte anos.

— Eu sei.

— Tenho uma ideia, e se mudássemos totalmente o rumo?

— Como assim?

Nesse momento ouve-se um estrondo.

— O que foi isso?

— Não sei, algo lá fora. — Jonas caminha em direção ao estômago.

— A baleia…

Eles olham em volta, percebem que o movimento constante da baleia cessara de repente.

— Ela pode ter encalhado — diz meu personagem.

— Não é possível, isso nunca aconteceu.

— Nunca aconteceu até que um dia aconteceu.

Ficam todos em silêncio na tentativa de captar algum movimento da baleia, do interior do seu corpo. Percebem-se ruídos, mas diferentes daqueles aos quais eles estavam acostumados. Pequenas explosões internas, um cheiro fétido que se espalha.

— A baleia morreu!

Eles se entreolham. Alguém grita:

— Mas nada disso faz sentido, toda uma vida presos aqui dentro, sem jamais ter visto o mundo, o mundo como ele realmente é, sua beleza, seu encanto, toda uma vida aqui dentro, à mercê desse amontoado de eventos aleatórios, essa falta de sentido, de concisão, esse caos, pronunciando palavras que não são nossas, numa história que não escolhemos e que não nos pertence, toda essa dor, essa fúria por nada, por absolutamente nada…

Meu primeiro impulso é deixá-los apodrecer dentro da baleia, mas logo me arrependo. Faço com que, num último estertor, ela vomite a todos para longe. Eles nadam, nadam, nadam durante horas até que chegam em terra firme. Talvez na costa de um continente desconhecido. Ali, após uma série de reviravoltas, meu personagem se perde do resto do grupo. Caminha sozinho pela mata fechada, caminha por horas até perder a noção do tempo, os ouvidos atentos captam qualquer barulho, ventos, a vegetação que se mexe, talvez algum animal, sente que alguém ou algo o persegue, ele caminha cada vez mais rápido, os ruídos cada vez mais perto, a terra que parece tremer, seriam passos?, ele corre, sente que logo perderá as forças, e sente que quando isso acontecer, não haverá mais o que fazer, ele continua correndo, o coração a ponto de explodir, o corpo que já não obedece, até que chega a um clarão. No meio da mata um espaço vazio e, no centro desse espaço, um painel imenso com os dizeres em neon: DEUS É BOM.

Paixão de santidade

DIA NOBRE

Madalena tinha nove anos quando viu um Anjo pela primeira vez. Chegou da escola, jogou a mochila num canto da sala e correu para brincar no quarto com suas bonecas misseiras, mas foi interrompida no meio do caminho por pés que flutuavam na altura de seus olhos.

O Anjo usava uma calça branca muito bem passada, Madalena notou porque havia aprendido com a avó a usar o ferro de carvão e a preparar a goma que dava a textura dura e impecável à roupa. A camisa de mangas longas, também branca, estava por dentro da calça e com todos os botões fechados. No pescoço o Anjo usava um colar feito de uma corda grossa e se não fosse a língua roxa e os olhos que ameaçavam sair da cabeça, ele se pareceria muito, muito mesmo, com o seu pai.

Madalena lembra ainda que mãos, vindas não sabia de onde, cobriram-lhe os olhos e gritos enxamearam na casa que logo se encheu de gente. Não demorou para que um grupo de carpideiras vestidas de negro da cabeça aos pés começassem lamúrios agourentos que duraram toda a noite. Depois disso, o pai sumiu da convivência diária, mas ela intuiu que o Anjo a acompanharia por toda a vida. De fato, ele era a primeira coisa que Madalena via quando acordava e a última ao se deitar.

Vinte anos depois, numa madrugada chuvosa, o Anjo a despertou como fazia todas as noites às três horas. Ela levantou, lavou-se na pia do banheiro, vestiu o hábito negro e saiu. A lua se escondia nas nuvens pesadas e as ruas estavam pouco iluminadas, mas Madalena sabia fazer aquele trajeto, da casa até a igreja, de olhos fechados.

Subiu a escadaria e caminhou pelo adro lateral até a porta que dava no deambulatório. O silêncio foi rompido pela madeira pesada arrastando no chão. A igreja se assemelhava a um oceano negro. Todas as lâmpadas tinham sido apagadas em respeito à morte de Jesus.

Como sempre, Madalena foi a primeira a chegar, não só por ser a única detentora da chave depois do padre, mas porque gostava de ter seu momento a sós com o templo naquelas alvoradas quietas, cada vez mais raras, com a cidade barulhenta que crescia espalhando lixo e sujeira de animais e humanos por todas as partes.

Aquela madrugada era ainda mais especial, um Sábado de Aleluia, dia do renascimento de Cristo. Todo mundo achava que Ele havia ressuscitado no domingo pela manhã, mas Madalena, estudiosa dos evangelhos, sabia que a ressurreição havia acontecido bem na hora que o sol se põe, no sábado. Por isso, ela sugeriu ao padre, anos antes, que a paróquia recriasse a tradição da vigília tomando como referência a Liturgia das Horas, iniciando as Laudes às seis horas da manhã e terminando com as Vésperas às seis da tarde.

O corpo santo jazia dentro de um esquife de vidro no centro da igreja. Na sexta, ele havia percorrido as ruas estreitas do centro antigo da cidade, sido torturado, chicoteado, morto e agora aguardava para ressuscitar e lavar os pecados do mundo.

Madalena conhecia a cena intimamente, já havia assistido muitas vezes àquela ópera trágica e a tinha esculpida na memória. Sentia o arroubo divino todas as vezes em que Cristo era estendido na cruz. Se portava, todos os anos, como uma viúva inconformada com a morte do marido. O hábito preto e o véu de renda italiana, comprados na peregrinação a Roma, davam-lhe um aspecto solene, mas uma turbulência podia ser sentida na forma como as pontas de seus dedos se retesavam de dor.

Madalena movimentava-se pela igreja feito uma rainha em seu reino. Conhecia a disposição de todas as coisas: os detalhes nas molduras barrocas, os desenhos do teto e as fissuras no piso que, no século anterior, abrigara os corpos dos patronos da Igreja, agora enterrados num túmulo muito elegante no cemitério ao lado.

Subiu no presbitério e de costas para o sacrário olhou para a nave vazia, os santos todos cobertos com as mortalhas roxas que ela mesma costurou. Aproximou-se do caixão, o rosto afogueado, brilhando pelo sereno da madrugada ou pela febre do momento. Com uma vela, acendeu as outras que estavam em torno do caixão. Os instrumentos da Paixão jaziam numa bandeja aos pés da charola.

Tocou nos pés da estátua fria, brancos feito a neve. Seriam perfeitos não fosse a marca dos pregos, uma circunferência de três centímetros de onde brotava uma massa vermelha que se derramava pelo pé. Bendito o artista que fez algo tão formoso, tão real que podia mesmo ser o próprio Cristo deitado ali, vulnerável, à sua espera. As pernas musculosas, as veias saltando na pele transparente, os joelhos machucados pelas quedas, as coxas tesas de cansaço. Amava tudo naquela estética dolorosa. Seu corpo se contraiu levemente quando ela deixou a mão flutuar sobre a parte coberta pelo pano vermelho logo abaixo do ventre. Acariciou o baixo ventre, o umbigo e o estigma da costela, subindo pelo abdômen até chegar no peito e seu grito reverberar pelas paredes da nave assustando as corujas que nidificavam nas ripas do cruzeiro central.

Acordou com Noeli, uma das senhorinhas do Apostolado de Maria, batendo em seu rosto.

— Madalena, Madalena, você tá bem, mulher?

— O que foi?

— Ora, me diga você. Te encontrei estatelada no chão.

Um flash atravessou Madalena.

— Meu Sagrado Coração de Jesus! Roubaram o coração!

— Que coração?

Levantou e mostrou a Noeli o buraco no peito da estátua. Não muito grande, talvez do tamanho de um punho de homem.

— O coração de Jesus. Estava ali ontem à noite. Eu o vi antes de sair. O coração dourado. Agora tem só o buraco.

Noeli se esticou para olhar a estátua e constatou que sim, faltava o coração de madeira coberto por folhas de ouro que se destacava como um brinquedo de montar do corpo do Senhor dos Passos. Ela sempre evitou olhar porque morria de medo de estátuas que tinham tamanho de gente viva e se Madalena não tivesse dado pela falta, ela nunca teria percebido.

— E agora?

— Não sei. Preciso pensar.

— Você tá tremendo, mulher, vou pegar uma água com açúcar. Espere aí.

Madalena sabia que Deus escolhia os seus favoritos. Ele tem os anjos e os arcanjos para as batalhas do Céu, e, na Terra, os santos e mártires fazem os sacrifícios para sua Glória e honra. Olhou para a cabeceira do esquife e seu Anjo particular pendia ali, mirando-a com os olhos esbugalhados e aflitos. Deus tem um plano até para o ladrão que ousou pegar o coração sagrado, peça única, talhada em carvalho. E se sua missão fosse preencher aquele vazio? Aquele buraco deixado por alguém na calada da noite naquela cidade de pecadores e infames?

O Anjo acenou com a língua roxa. Era ela a escolhida. A hora do sacrifício havia chegado. Daria vida a Jesus, seu esposo, a quem ela dedicou tantas horas de sua vida, zelando pelo templo, vigiando os padres nas coxias da sacristia, recriminando a preguiça das beatas que tardavam a chegar para as vigílias. Quem mais poderia ser? Ela que vivia acompanhada pelo Anjo do Senhor desde tão pequena, sabia de cor todas as orações, ofícios, cânticos, os Salmos, os Provérbios, várias passagens do Antigo e quase todo o Novo Testamento.

O próprio Jesus não havia lhe dito, quando tinha apenas catorze anos e se consagrara de corpo e alma, entregando sua virgindade e sua pureza: "Eu te darei um coração capaz de me amar"? Então, era chegada a hora de mostrar esse amor.

Ela encontraria um novo coração de carne, sangue e músculo, para que Ele pudesse, finalmente, ressurgir dos mortos, ressuscitar e limpar o mundo da devassidão, começando por aquela cidade, cópia fiel de Sodoma. Ela iniciaria a Guerra Santa, o Apocalipse, porque Ele também disse: "Eu não vim trazer paz, mas a espada".

Noeli voltou com a água e encontrou Madalena ajoelhada diante do caixão.

— Tome aqui, minha filha.

Madalena levantou a cabeça e viu que Noeli empunhava também um celular.

— Pra quem você tá ligando?

— Pro padre, mas ele não atendeu. Será que ainda tá dormindo? Já são quase quatro horas.

Madalena levantou e tomou o telefone das mãos dela.

— Você tá doida, Noeli? Isso tem que ficar entre a gente. Há um propósito para tudo e essa é a minha missão. Deus te trouxe aqui para você me ajudar. Você precisa me ajudar, Noeli.

— Ajudar em quê, mulher?

O barulho da madeira estalando sincronizou com o silêncio da falta de resposta. Primeiro, Madalena pensou que fosse a chuva batendo na velha porta, mas depois notou que vinha de outra parte.

— Quem está aí? Você está na casa de Deus, apareça!

A criança esticou a cabeça e saiu de trás de um banco. Aparentava ter uns sete anos, o cabelo agalegado na altura dos ombros, uns olhos verdes que brilhavam no contraste com as chamas das velas. A hora havia chegado.

— "Temos lenha, temos lume para o fogo, mas onde está o cordeiro para o holocausto?", perguntou Isaque ao seu pai, Abraão, e ele respondeu: "Deus proverá um cordeiro, meu filho" —, recitou Madalena enquanto se aproximava mais e mais da criança: — Você tá só, criança?

Ao sinal afirmativo, Madalena foi até ela.

— Venha cá. A gente não morde, não é mesmo, Noeli? Me diga, como foi que você entrou aqui?

— ...

— Tava fugindo da chuva... Entrou pelo cemitério, não foi?

A criança balançou a cabeça em silêncio.

— Você tá com fome? Minha Nossa Senhora, tão sujinha. Noeli, veja só.

Noeli não sabia muito o que fazer. A vista cansada não permitia enxergar tão bem no escuro. Chegou mais perto.

— Olha só, Noeli, essa criança... Não é Jesus escritinho?

Noeli não lembrava de alguma vez ter visto a companheira expressar qualquer emoção. Sempre tão séria com cara de quem chupou limão. Nenhuma das outras beatas simpatizava com a jovem metida a teóloga, deveras arrogante, mas tiveram que engolir quando o padre Pôncio fez de Madalena sua pessoa de confiança, cargo ocupado por Noeli durante muitos anos, e só abandonado porque a idade chegou e Noeli estava cansada, não aguentava mais aquelas vigílias madrugadoras. Só tinha aparecido porque não conseguia dormir com o barulho da chuva, e agora, vendo a colega rir feito uma hiena, imaginou que melhor seria se tivesse ficado em casa.

Madalena limpou a criança e a vestiu com uma batina de sacristão, penteou seus cabelos e lhe deu um bom pedaço de pão e um copo de vinho. A criança comeu e bebeu como nunca na vida.

Madalena observava o pão quebrar na língua da criança enquanto o calor percorria suas veias em puro êxtase. Agora entendia o que Santa Teresa queria dizer quando falava do fogo que subia pelo ventre e lhe roubava os sentidos. Compreendia a perturbação gloriosa de ser invadida pelo Anjo do Senhor com uma flecha flamejante. Assimilava a emoção de Santa Margarida de Alacoque ao ver Jesus com o coração em brasa dentro do sacrário chamando-a: "Eis aqui o coração que tanto amou e em troca só recebe ingratidão e esquecimento".

— O corpo é o pão, o sangue é a vida — disse Madalena, enquanto procurava uma faca de prata bem afiada na cristaleira da sacristia. — Jesus teve o coração roubado, mas a mim cabe a missão de trazê-lo de volta. Um coração puro, um coração inocente, alguém que como Cristo foi aviltado, abandonado, que passou fome, frio e sede. Ele me escolheu para entregar esse sacrifício ao mundo, assim como escolheu Abraão e seu filho Isaque: "Deus proverá um cordeiro".

— Eu não tô entendendo o que você quer fazer, Madalena… — disse Noeli, baixando a voz para a criança não ouvir.

— Salmo 54, versículo 6. — Madalena estendeu a mão espalmada para Noeli. — "Eu te oferecerei voluntariamente sacrifícios; louvarei o teu nome, ó Senhor, porque é bom." Não devemos ter medo de amar a Deus, Noeli. O Amor se faz com sacrifício. "O Verbo se fez carne", disse João, em seu Evangelho sagrado, e é através do sacrifício que o coração de Cristo voltará a bater nesta Páscoa.

— Madalena, pelo amor de Deus, minha filha. Isso que você tá falando não faz o menor sentido. É pecado!

— Pecado, não! Sacrifício! É a vitória da fé: "Não te repreenderei pelos teus sacrifícios ou holocaustos, que estão continuamente perante mim".

— A gente devia esperar o padre. Está caindo um mundo de água lá fora, ele deve ter se atrasado.

Noeli se virava para a porta de minuto em minuto, rezando para que alguém chegasse.

— Noeli, você não entende a grandiosidade deste momento. Nós fomos escolhidas. Nós somos os galhos que sustentam a fé desse povo ingrato. Jesus morreu para nos salvar. Entende? O que é o sacrifício de uma alma comparado à salvação de tantas outras?

— Vamos ligar para o padre Pôncio que ele vai dar uma orientação.

— Noeli, esse será o maior milagre que o mundo jamais viu. Deus vai colher nossa dor e transformar em algo precioso. É preciso ter fé. É isso que Deus nos dá, o mistério da fé! Eu tenho fé, Noeli, você tem? Venha aqui, criança, me diga, você tem fé?

A criança balançou a cabeça.

— Você quer conhecer Jesus? Não precisa ter medo. Você será um anjo do Senhor e toda a fome, o medo, o frio, o abandono, tudo, tudinho, vai embora: "Tomai todos e bebei, esse é o meu sangue. O sangue da nova e eterna aliança que será derramado por vós e por todos, para a remissão dos pecados" — disse, entregando mais um copo de vinho para a criança. — O corpo é o pão, o sangue é a vida — repetiu.

— Não, minha filha. Eu não posso deixar você fazer isso. Você não está pensando direito — disse Noeli, agarrando a criança pelo braço e arrastando-a consigo em direção à porta da sacristia.

Madalena sabia que as tentações faziam parte do caminho. Santa Ângela não fora enganada pelo próprio Diabo a ponto de não conseguir falar com Deus? Santa Catarina de Siena não havia sofrido alucinações tão dolorosas que a fizeram se questionar: "Onde estavas, meu Jesus, durante essa tempestade? E Jesus lhe disse com amor: No meio de teu coração!".

Então, tudo ficou muito claro. Aquela não era Noeli, mas o próprio Diabo que viera impedi-la de realizar sua missão. Porém, ela havia se preparado para aquele momento. Fez jejuns e novenas, flagelos e penitências, resistiu às tentações do mundo e da carne. Andava mancando por causa do cilício atado numa de suas coxas dia e noite, não se mirava em espelhos nem se maquiava, não usava as roupas depravadas da moda. Quantas vezes o Diabo não a provocara, tripudiando sobre ela em pesadelos horríveis com seus íncubos e súcubos, fazendo com que acordasse molhada de terror?

Não. Ela estava pronta. Da mesma forma como Jesus enfrentou o Diabo no deserto, ela precisaria enfrentar Noeli. Foi tudo muito rápido. A velhinha era fraca e o castiçal pesado. "Então o Diabo o deixou; e eis que chegaram os anjos, e o serviam." O sangue se espalhou pelo piso rapidamente, mas essa não era uma preocupação. Logo, nada disso importaria. O coração puro converteria a matéria, o céu se abriria e o Cristo ressuscitaria em corpo e espírito.

Acariciou a criança que jazia ébria num banco e a suspendeu nos braços. Estendeu com cuidado o corpinho franzino sobre o altar. A faca brilhou em suas mãos e ela pôde ouvir o balido do cordeiro ecoando por toda a igreja. O coração pesava quase nada. Encaixou o órgão no buraco da estátua e lambeu o sangue agridoce que lhe escorria das mãos: "Este é o sangue da nova e eterna aliança", murmurou.

A chuva cessou de repente e as nuvens se dissiparam. Raios de sol atravessaram os vitrais da igreja, anunciando a chegada do novo dia. Nas sombras projetadas na parede da nave era possível ver a silhueta de uma mulher acompanhada de um enforcado.

São Paulo é como um mundo todo

SOCORRO ACIOLI

Eu nunca estou vestida de maneira apropriada para nenhuma ocasião e andar daquele jeito, sendo observada, elegante aos olhos dos outros, elegante no meu espelho, disparou algum tipo de sinapse transtornada na minha cabeça e foi por isso que vim parar aqui. Culpa do casaco.

Cheguei um dia antes da reunião para ter tempo de comprar uma roupa adequada. Não sei andar em São Paulo, não sei as distâncias, detesto metrô, não iria chegar suada e fedida na empresa depois de subir e descer escadas e passar por túneis agoniados por baixo da terra, essa ideia imbecil. Era melhor gastar com uma roupa do que com Uber, então escolhi um hotel perto da empresa para ir andando.

Dois minutos a pé. Chegaria mais cedo, passaria no banheiro, daria um jeito no cabelo com gel, mais gel, muito gel, e estaria com a roupa nova. Comprada em São Paulo, pois assim não teria mais de ouvir que nordestinos não sabem como se vestir no frio. Uma roupa não nordestina me ajudaria a sobreviver ao treinamento com a equipe nacional de Moças do Marketing.

E o cabelo colado no couro, disso eu fazia questão. A moça disse que meu cabelo bagunçado e queimado de praia dava gatilho nela, vontade de voltar pra minha terra. Ela foi a Salvador. Eu moro no Ceará. Em São Paulo, devem usar outro mapa, eu que sou ignorante.

Antes de sair, fiz as contas. Minhas possibilidades financeiras eram parcas e eu precisava encontrar uma loja realista. Isso eu não calculei na rota e torci para que tivesse algum shopping pertinho. Não tem, disse a recepcionista, mas falou o nome de uns três bairros que eu não conhecia. Perguntou se eu precisava de algo específico. Um terninho, um casaco, algo assim.

A outra recepcionista, claramente alguém que lembra que seu salário equivale a duas diárias do hotel ou a um jantar no restaurante, me falou que ali ao lado, dobrando à direita, eu poderia encontrar um ótimo brechó, inclusive com uma seção exclusiva de roupas de marca.

Logicamente a marca me pouparia do ódio das Moças do Marketing. Marca tal, pronto. E não se fala mais nisso, a nordestina agora aprendeu. Cheguei ao brechó e perguntei sobre o setor especial. A Lê te leva lá. Parecia uma música do Carlinhos Brown. Lê pode ser Letícia Leocádia Legigênova, qualquer coisa, mas em São Paulo é proibido dizer o nome das pessoas por inteiro. Subi com a Lê.

Metade da salinha especial era onça, metade pele de bichos. Vi o preço absurdo e Lê deu uma risadinha. Prova, faz uma foto, ela disse já me ajudando a tirar a minha péssima blusa de tricô forrada por baixo com outra péssima camisa de malha e com um cachecol que mais parecia uma corda com a qual eu decidira me pendurar no poste. Não sei dar nó de cachecol. E o certo é echarpe, a Moça do Marketing sabe muito da vida, ainda bem que ela está sempre disposta a me ensinar.

Provei o casaco do bicho morto e deu vontade de chorar, mas

a Lê me arrumava, ajustava nos ombros, na cintura. A salinha era pequena, com ar-condicionado, e estávamos só nós duas, trancadas. Lê cuidava tanto de me ajeitar, queria tanto que eu provasse as coisas todas que eu resolvi parar de encenação e explicar que só tinha cem reais para comprar um casaco e estava com pressa. Eu não sou de aventuras. Imagino que outra cliente toparia umas pegadinhas, mas as casualidades não combinam comigo.

Lê apenas abriu a porta porque a hora do pobre é no primeiro andar, só faltou dizer isso. Desci porque não é indigno ter cem reais, imoral é se cobrir de bicho e achar bonito. A outra lá embaixo, eu não sei o nome, mas deveria ser Cá, Mi, Di, Rô, qualquer sílaba. Vamos chamar de Sílaba, porque vou ter que falar dela algumas vezes até o fim e ela precisa ter nome.

Eu disse à Sílaba que precisava de um casaco arrumadinho de frio, neutro e ela falou que o mais neutro e arrumadinho era couro caramelo e o mais em conta era quatrocentos e setenta. Sílaba, entenda, eu só tenho cem reais. Ela se moveu sem gosto para outra sala do brechó onde estava escrito SALE. Obviamente, as Moças do Marketing achariam incrível.

Para minha sorte, Sílaba é dedicada e separou as peças por tipo e tamanho, portanto fui direto para a parte dos casacos GG. Três opções. Um estampado horrível, provavelmente feito de cortina, um quadriculado vermelho com verde e um todo cinza. São todos italianos, ela contou.

Olhe, esse cinza era meu número. Vestiu bem, entrou macio. Sílaba dizia de novo que era italiano e bem estruturado. Falou que custava oitenta reais e que faria a calça por vinte para eu levar o conjunto, porque tinha uma mancha na perna e estava em promoção. Mas poderia levar separado também e assim eu fiz.

No hotel, tirei as roupas da mala e estiquei todas em cima da cama. O casaco combinava bem demais. Era uma sensação boa. Mandei a foto pra Isabella e contei que era casaco italiano.

Ela pediu foto da etiqueta e confirmou que era marca caríssima. Comprar em brechó é supersustentável, a moda precisa circular. Isabella tentava fazer de mim uma pessoa ajeitada e nunca tinha conseguido, mas que achado! O casaco italiano, cara, por oitenta reais. Fiz fotos. Várias fotos. Ela estava orgulhosa. Com o macacão por baixo, com o vestido preto por baixo, de calça e blusa. Combinou com tudo. Já desci pra jantar com ele e achei que a sobriedade do cinza combinava com um cabelo solto virado de lado, aqui ninguém me conhece, vou descer assim.

Os caras olhavam pra mim. O que entrou no elevador. O que veio chegando com a mala enquanto eu ia para o restaurante. Os que chegavam no restaurante. Os caras olhavam pra mim. Era o casaco. Chegou um drinque no bar e tinha sido cortesia do cavalheiro da mesa tal, mas o tempo de engrenagem foi bem mal calculado porque uma moça sentou com ele logo depois que eu brindei de longe, tipo o Leonardo DiCaprio no *Gatsby*.

Era um drinque forte demais e eu subi para o quarto bêbada e disfarçando, mas entrei tão poderosa ali que tirei a roupa toda e fiz mais fotos de casaco. Nua. O casaco entreaberto. Lindíssima. Que mulher! Tinha cerveja no frigobar e eu peguei. O ruim de hotel chique é não ter canal adulto quando a gente mais precisa. Eu olhava pra porta que separava o quarto da salinha e via uma mulher de casaco. Mandei pra Isabella e ela respondeu é tu mesma, abestada, é teu reflexo. Acabei dormindo de casaco e tive sonhos absurdos. Foram duas latas de cerveja mais a bebida lombradeira que o cara tinha mandado.

Na madrugada, sonhei que uma mulher estava no quarto, usando o casaco e a calça. Por que você não levou o conjunto? Fica muito bonito. Ficava mesmo, o corpo dela era quase igual ao meu, acho que sonhei comigo mesma dentro do quarto. Isabella disse que é o inconsciente tentando formar uma nova imagem minha, já que não era comum eu me achar bonita, que o duplo era sinal de uma mulher que eu ainda não reconhecia em mim mesma, mas que eu estava perto dos quarenta e nessa fase é comum se ver de outra forma.

Acordei às três da manhã, procurei uma água no frigobar, ainda bêbada e, no meio do sono, a ponto de achar que a tal mulher estava sentada no sofá da antessala do quarto. Desejei pedir café da manhã para comer pelada de casaco e fazer mais fotos colocando uma maçã inteira na frente, assim, jogar mel na barriga e colocar o celular no disparador automático para lamber o mel dos dedos, mas que ideia idiota se eu não posso ingerir o néctar das abelhinhas sem ficar dois dias vomitando.

Tomei um banho, desci para tomar café e fui de casaco. Estava mais quente, porque São Paulo além de ter uma sequência de bairros que começam e terminam sem a mínima consciência com os transeuntes ainda muda seu termostato sem aviso. Lógico que eu preferia passar calor a largar o casaco.

Outro episódio de sucesso. Cabelos molhados e casaco pareciam atiçar mais ainda os rapazes. Bom dia. Bom dia. O tempo todo isso. Lembrei do sonho e da calça com desconto e fui comprar antes da primeira reunião. Sílaba ainda estava fazendo a maquiagem e abriu a porta com cara de lá vem a pobre. Perguntei pela calça e ela apontou para a salinha SALE. Ainda estava lá, graças a Deus, e quando eu estava indo pagar encontrei a Lê que disse UAU para mim. Esse casaco ficou um arraso, parece outra pessoa, aquele tipo de elogio diante do qual a gente nem sabe se ri ou se chora.

Peguei um cartão do brechó e mandei a foto pra Isabella. Ela queria escolher umas peças pelo site e eu pegaria depois. Lê disse que iria deixar no hotel, se eu não queria algo mais e eu disse onde estava hospedada. Respondi ao flerte dela. Acendi uma luz no rosto da magrelinha, que pediu meu WhatsApp para mandar seu contato e ajudar minha amiga a escolher as peças. Salvou meu nome como Sofia e depois digitou "gostosa", entre parênteses.

Não dava tempo de passar no hotel e vestir a calça, ainda teria o resto da semana de reuniões e decidi usar o conjunto completo só no último dia. Cruzei a entrada da empresa, passei pela catraca, fui até o elevador, esperei o elevador, tudo com uma espécie de tontura na vista. Deve ser assim a vida das mulheres confiantes. Tudo meio turvo porque o exterior não importa, eu é que sou o centro do mundo.

Minha condição como funcionária da sucursal é vir aprender na matriz, muito humildemente, grata pela oportunidade, mas naquele dia a vista turva nem me deixava ver isso. Tanto que eu falei. Pedi a palavra. Falei pouco, mas contei uma experiência de trabalho. O chefe diretor sei lá o quê disse que era superimportante saber novas maneiras para mudar o que já temos estabelecido. Ele falou exatamente isso, só que misturando palavras em inglês.

Na saída, o pessoal combinava um lugar para ir jantar e diziam as ruas, os restaurantes e eu comentei que o lugar tal era melhor porque ficava mais perto do meu hotel. Onde você está hospedada? No Meliá. Ah, é do lado mesmo, eu te deixo na volta. Eu chutei, né? Porque eu não fazia ideia de nada. Pedi gim-tônica. Disse que adorava. Mentira, porque nunca tinha tomado, mas quando provei, vi que adorava mesmo e assim foram três. O limite do meu cartão de crédito não suportaria outra saída daquelas, mas eu estava me divertindo. Só fomos embora porque o pessoal lembrou que no dia seguinte seria a última reunião.

De fato, o Bonitinho do Marketing me deixou no hotel e me deu um selinho de boa-noite. Ainda tem o fim de semana por aqui? Eu disse que poderia mudar o voo, mas era mentira, porque a companhia aérea cobra o dobro pra isso. Mas sabe quando você mente de um jeito que acredita na própria mentira? Foi assim.

Tomei mais quatro garrafinhas de água do frigobar. As com gás, que eu detestava mas naquele dia estava desejando. Dormi como um anjo. Sonhei de novo com a mulher que usava a minha roupa e ela me dizia um endereço. A rua, o número, tudo. Hoje eu acho que não era exatamente um sonho porque, quando tomei banho e vesti a roupa completa, ela estava no espelho, mas aquela névoa na vista tinha aumentado a ponto de eu não conseguir dizer com certeza se a imagem dupla que se formava ali, as duas com a mesma roupa, não era porque eu teimo em não usar óculos, mesmo sabendo que preciso.

O certo é que o Bonitinho perguntou se poderia pedir à agência de viagens para mudar minha passagem pra segunda-feira cedinho. Minha diária no hotel terminaria na sexta, mas eu poderia ficar na casa dele, essa era a ideia. Sendo assim, eu topo. Uma louca, porque ninguém normal vai pra casa do Bonitinho do Marketing sem saber sequer quem é a pessoa. Quando eu vi estava imaginando uma transa com ele no meio da reunião, o que foi muito espantoso porque eu não transava há uns três anos e nem deveria lembrar mais o que fazer.

Pois eu lembrei. Na verdade, fiz coisas que nem eu sei como. Seria constrangedor ter que entrar nos detalhes, mas imagino que o Bonitinho do Marketing conte tudo, porque homem adora dizer que transou. E nós transamos muito. Bebendo, transando, tomando cafés blend torra escura sei lá o quê e minha vista só piorando. Troquei o nome dele, chamei de Cássio, completamente doida.

No domingo, ele disse que tinha feito uma reserva num bistrô que ele adorava, para comer magret. Eu respondi que amava magret. E amava, eu sentia, mas nunca tinha comido. Na saída do restaurante, perguntei se ele poderia passar na rua tal, número tal. Aquela do sonho, eu decorei. Apertei o interfone da casa e perguntei se o Cássio estava, pois tinha uma encomenda. Ele veio até o portão, pedi que abrisse para eu ficar embaixo da luminária, puxei a faca do bistrô francês e enfiei na sua barriga com força e delicadeza, até sentir que penetrava carne a carne, até ver Cássio caído no chão.

O Bonitinho do Marketing tinha parado o carro mais adiante e, distraído no celular, não viu nada. Pedi que me deixasse logo no aeroporto, mesmo tão antes do meu voo. Nos despedimos e ele disse que queria de novo, tudo de novo, transar de casaco era o melhor fetiche da vida dele. Vaguei no aeroporto pedindo cigarro às pessoas depois que não tinha mais dinheiro nem limite no cartão. Não peguei o voo, impossível deixar São Paulo. Joguei minha bolsa no lixo. Documentos, tudo. Eu não precisava de nada, mas levei a faca comigo e foi por causa dela que a polícia me achou.

Por causa das compras do brechó, a Lê contou pra Isabella que eu tinha sido presa, porque viu no jornal e reconheceu a roupa. Disse que eu tinha dado um nome falso, Carolina, e não Sofia. A câmera de segurança da casa do Cássio viu a placa do carro do Bonitinho. Eu nunca tinha ouvido falar naquele Cássio, mas Isabella veio a São Paulo me ajudar e explicou. Bastou colocar Cássio e Carolina mais o endereço no Google. Bastou ler mais sobre ela, o suicídio, a versão na qual a família nunca acreditou, a absolvição de Cássio graças a uma banca de advogados milionária. E a foto de Carolina, exuberante, usando um belíssimo conjunto italiano de calça e casaco no último Natal antes da sua morte.

Sobre as autoras

AMARA MOIRA nasceu em Campinas, em 1985. É travesti, feminista, doutora em teoria e crítica literária pela Unicamp, com tese sobre as indeterminações de sentido no *Ulysses* de James Joyce, e autora dos livros *E se eu fosse puta* e *Neca*. É coordenadora no Museu da Diversidade Sexual, em São Paulo.

ANA RÜSCHE nasceu em São Paulo, em 1979. Estreou em 2005 com a coletânea de poesia *Rasgada*, que dois anos depois foi também publicada no México. É autora de *Sarabanda*, *Acordados*, *Monstruosidades*, *Do amor — o dia em que Rimbaud decidiu vender armas*, finalista do prêmio Nascente USP, e *A telepatia são os outros*, finalista do Jabuti e também publicado na Itália. Concluiu o pós-doutorado sobre mudança climática e ficção científica na Universidade de São Paulo (USP) e cursa o segundo doutorado sobre ecocrítica na Universidade de Brasília (UnB).

ANDRÉA DEL FUEGO nasceu em São Paulo, em 1975. É mestra em filosofia pela USP. Publicada em mais de dez países, é autora de *Os Malaquias*, vencedor do prêmio José Saramago, *As miniaturas*, *A pediatra*, além de livros de contos e infantojuvenis.

CAROLA SAAVEDRA nasceu em Santiago, no Chile, em 1973. É autora dos romances *Toda terça*, *Flores azuis*, *Paisagem com dromedário*, *O inventário das coisas ausentes*, *Com armas sonolentas* e *O manto da noite*, todos pela Companhia das Letras. Publicou também o livro de ensaios *O mundo desdobrável* e a coletânea de poemas *Um quarto é muito pouco*. Seus livros foram traduzidos para o inglês, francês, espanhol e alemão.

CIDINHA DA SILVA nasceu em Belo Horizonte, em 1967. Tem mais de vinte livros publicados dentre eles os premiados *Um Exu em Nova York* (prêmio Clarice Lispector da Biblioteca Nacional, 2019, categoria contos) e *O mar de Manu* (prêmio APCA 2022, melhor livro infantil). Organizou duas obras fundamentais para o pensamento sobre as relações raciais contemporâneas no Brasil, *Ações afirmativas em educação: Experiências brasileiras* e *Africanidades e relações raciais: Insumos para políticas públicas na área do livro, leitura, literatura e bibliotecas no Brasil*. Vários de seus livros integram políticas públicas de formação de acervo, incluindo o PNLD Literário, para o qual teve quatro de suas obras selecionadas.

DIA NOBRE nasceu em 1984, em Juazeiro do Norte. Doutora em história pela Universidade Federal do Rio de Janeiro, é autora do livro *Incêndios da alma* (reeditado em 2024 pela Planeta), que recebeu três prêmios acadêmicos, incluindo o prêmio Capes de Teses. Na ficção, estreou em 2021 com o livro de contos *No útero não existe gravidade*, finalista do prêmio Mix Literário.

ELIANA ALVES CRUZ nasceu no Rio de Janeiro, em 1966. É escritora e jornalista. Seu romance de estreia, *Água de barrela*, ganhou o prêmio Silveira Oliveira, da Fundação Palmares, em 2015. É autora ainda de *O crime do cais do Valongo*, *Nada digo de ti, que em ti não veja* e *Solitária*.

FABIANE GUIMARÃES nasceu no interior de Goiás, em 1991, onde cresceu e começou a escrever ainda criança. Jornalista formada pela Universidade de Brasília (UnB), é autora dos romances *Apague a luz se for chorar* e *Como se fosse um monstro*, da novela seriada *Pequenas esposas*, publicada pela revista digital *AzMina*, além de diversos contos em antologias e revistas.

FABIANE SECCHES nasceu em 1980, em Minas Gerais. É psicanalista e colaboradora do jornal *Folha de S.Paulo* e das revistas *Cult* e *Quatro Cinco Um*, entre outros veículos, escrevendo textos sobre literatura, cinema e psicanálise. Mestre em teoria literária e literatura comparada pela Universidade de São Paulo (USP), é doutoranda nessa mesma instituição.

FLAVIA STEFANI nasceu em 1982, em Goiânia. Escritora e tradutora de literatura, é mestre em criação literária pela Universidade de Nevada, Las Vegas. Atualmente, vive na Holanda, em Amsterdam, e está escrevendo o seu primeiro romance e uma coletânea de contos.

JARID ARRAES nasceu em Juazeiro do Norte, região do Cariri, Ceará, em 1991. É escritora, poeta e cordelista. É autora de *Redemoinho em dia quente*, vencedor dos prêmios APCA e Biblioteca Nacional, além de finalista do prêmio Jabuti. Publicou o romance *Corpo desfeito*, o livro de poemas *Um buraco com meu nome* e a coletânea de cordéis *Heroínas negras brasileiras em 15 cordéis*. É criadora e editora do selo literário Ferina e fundadora e mediadora do Clube da Escrita Para Mulheres e do Encruzilhada Clube.

LAÍS ROMERO nasceu em 1986, em Teresina, no Piauí. É mãe do Júlio e do Luís, mestra em literatura e revisora. Publicou o livro de poemas *Mátria* e participou de coletâneas, coletivos de poesia e gravações de poemas ao longo dos últimos anos.

LYGIA FAGUNDES TELLES nasceu em São Paulo. Considerada pela crítica uma das mais importantes escritoras brasileiras, publicou ainda na adolescência o seu primeiro livro de contos, *Porão e sobrado* (1938). Estudou direito e educação física antes de se dedicar exclusivamente à literatura. Foi eleita para a Academia Brasileira de Letras em 1985 e em 2005 recebeu o prêmio Camões, o mais importante da literatura de língua portuguesa. É autora de clássicos modernos como *As meninas*, *Ciranda de pedra* e *Seminário dos ratos*. Faleceu em 4 de abril de 2022, aos 98 anos.

MARCELA DANTÉS nasceu em Belo Horizonte, em 1986. Seu primeiro romance, *Nem sinal de asas*, foi finalista do prêmio São Paulo de Literatura e do Jabuti. Em 2016, foi a autora residente do Festival Literário Internacional de Óbidos (Folio), em Portugal, quando escreveu seu segundo romance, *João Maria Matilde*, também finalista do prêmio São Paulo de Literatura. Sua coletânea de contos *Sobre pessoas normais* foi semifinalista do prêmio Oceanos de 2017. Em 2024 lançou *Vento Vazio* pela Companhia das Letras.

MARIA VALÉRIA REZENDE nasceu em Santos, SP, em 1942, e dedicou-se à educação popular, percorrendo vários continentes como formadora de educadores. Desde 1976, vive na Paraíba, atualmente em João Pessoa. Às vésperas de completar sessenta anos, começou a publicar literatura de ficção, que já inclui mais de vinte livros, muitos deles premiados (prêmios Jabuti, Oceanos, São Paulo de Literatura e Casa de las Américas).

MARIANA SALOMÃO CARRARA nasceu em São Paulo, em 1986, e é defensora pública e escritora. Entre suas obras estão os romances *Se deus me chamar não vou*, que ficou entre os dez indicados ao prêmio Jabuti 2020, em Romance Literário; *É sempre a hora da nossa morte amém*, também entre os dez indicados ao prêmio Jabuti 2022, e finalista do prêmio São Paulo 2022; *Não fossem as sílabas do sábado*, vencedor do prêmio São Paulo de Literatura 2023, na categoria Melhor Romance do Ano; e *A árvore mais sozinha do mundo*.

MICHELINY VERUNSCHK nasceu em 1972, em Recife. Escritora e historiadora, venceu o prêmio São Paulo de Literatura com *Nossa Teresa: Vida e morte de uma santa suicida*, foi duas vezes finalista do prêmio Rio de Literatura, além de finalista do antigo prêmio Portugal Telecom, hoje prêmio Oceanos.

NATALIA BORGES POLESSO nasceu em Bento Gonçalves, RS, em 1981, é escritora e tradutora, e pesquisa imagens do antropoceno na literatura. Tem nove livros publicados e diversas participações em antologias. Entre seus livros estão *Amora*, *Controle*, *Corpos Secos*, *A extinção das abelhas*, *Foi um péssimo dia* e *Condições ideais de navegação para iniciantes*. Natalia ganhou e foi finalista de diversos prêmios tais como Jabuti, Biblioteca Nacional, prêmio São Paulo de Literatura e Açorianos, entre outros. Seu trabalho está traduzido para o inglês e o espanhol em diversos países.

NATÉRCIA PONTES nasceu em 1980, é cearense e mora em São Paulo. Autora de *Copacabana dreams*, finalista do prêmio Jabuti, e de *Os tais caquinhos*. É também autora de outros contos publicados em várias edições.

SOCORRO ACIOLI nasceu em Fortaleza, Ceará, em 1975. Jornalista e doutora em estudos de literatura pela Universidade Federal Fluminense (UFF), é professora e coordenadora da especialização em escrita e criação da Universidade de Fortaleza (Unifor). É autora de mais de vinte livros publicados, entre eles *Ela tem olhos de céu*, que recebeu o prêmio Jabuti de literatura infantil, a coletânea de poemas *Takimadalar, as ilhas invisíveis* e os romances *A cabeça do santo* e *Oração para Desaparecer*.

TRUDRUÁ DORRICO pertence ao povo Makuxi. É doutora em teoria da literatura na PUCRS. É escritora, palestrante, pesquisadora. Administradora do perfil @leiamulheresindigenas no Instagram que fomenta a leitura de obras de autoria de mulheres indígenas no Brasil e em Abya Yala. Curadora da I Mostra de Literatura Indígena no Museu do Índio (UFU). Autora de obra *Eu sou Macuxi e outras histórias*, *Tempo de retomada* e *Originárias: Uma antologia feminina de literatura indígena*.

ESTA OBRA FOI COMPOSTA PELA SPRESS EM ELECTRA E IMPRESSA
EM OFSETE PELA GRÁFICA BARTIRA SOBRE PAPEL PÓLEN NATURAL DA SUZANO S.A.
PARA A EDITORA SCHWARCZ EM SETEMBRO DE 2024